Andrea Stift
Reben

D1694377

Andrea Stift
Reben

Eine Erzählung.

Gedruckt mit Unterstützung des Bundeskanzleramtes
(Verlagsförderung)

Du hast die Haare von der Anna, sagt er immer, mein Vater. Anna war meine Urgroßmutter, sie ist vor meiner Geburt gestorben. Wenn mein Vater sagt, ich hätte die Haare Annas, meint er damit deren Konsistenz, sie sind kräftig und meist recht eigenwillig, und er meint damit ihre Farbgebung, kastanienbraun bis rötlich; obwohl er seine Großmutter nur noch als weißhaarige Frau in Erinnerung hat. Sie wird von allen nur mehr als weißhaarige Frau erinnert, auch von jenen, die sie, so wie ich, nie kennen gelernt haben, denn von ihr wird auch heute noch gesprochen. Sie hat geschafft, was sich so viele wünschen – durch mündliche Überlieferung lebendig zu bleiben.

Wenn man über seine Familie schreibt, erreicht man irgendwann einen Punkt, an dem man sich wie ein Eindringling in der Intimsphäre der eigenen Angehörigen fühlt. Jeder hat Leichen im Keller, doch meist liegen sie dort schon recht lange und wollen nicht ans Tageslicht gezerrt werden. Blutschande mal anders. Es soll mir keiner sagen, bei angewandter Rücksichtnahme des Schreibers könne eine Kränkung ja nicht passieren, bei eintretendem Erfolg schon gar nicht – irgendwer ist immer beleidigt. Irgendwer fühlt sich immer betroffen.
Du kannst noch so sehr von Fiktion und literarischer Freiheit schwafeln, es wähnt sich immer einer im Mittelpunkt deiner Welt aus Buchstaben und du musst beteuern und bedauern.
Eine Lösung, sagt das wohlmeinendere, rationalere Ich, ist, gleich mal eine Warnung vorauszuschicken, einen Disclaimer, wie man heutzutage so schön sagt.
Disclaimen kann man schon ziemlich viel, sich prophylaktisch aus der Verantwortung ziehen, wie im Film *Minority Report*, in dem ja, auch wenn noch gar nichts pas-

siert ist, die Leute vorsorglich für in der Zukunft gesche-
hende Verbrechen einkassiert werden.

Verleumde also gleich vor der Geburt dein Kind. Schi-
cke voraus, dass du ja niemanden kränken wolltest.
Versichere mit schwächlichem Lächeln, dass mindes-
tens vierundsiebzig Prozent des zu Papier gebrachten
Textes rein fiktiv seien; jegliche Ähnlichkeit mit lebenden
Personen nicht beabsichtigt.

Eine weitere Möglichkeit, sagt das vernünftigere Ich,
jetzt schon leicht verzweifelt die Stirne kräuselnd, wäre
natürlich das Heranziehen einer bereits verstorbenen
Person und diese in den Mittelpunkt des kleinen Wer-
kes zu stellen.

Dieser Stoff birgt den Vorteil, dass in einem solchen Fall
zwischen Wahrheit und Fiktion nicht mehr lupenrein un-
terschieden werden kann. Es ist schon alles ziemlich
lange her, das menschliche Gehirn pflückt sich seine Erinnerungen gern selbst zu einem bunten Sträußlein, und
die Wahrheit liegt bekanntlich im Auge des Betrachters.
Und wenn du unbedingt anhand der Titelfigur unsicht-
bare Parallelen zum Jetzt und zum Heute ziehen musst,
kannst du später immer noch behaupten, gar nicht wahr,
alles Lüge oder Interpretationssache. Jedes literaturwis-
senschaftlich geschulte Auge wird dir bestätigen, dass
derlei Fälle sehr heikel, wenn nicht gar unlösbar seien.

Meine Haare sind also Annas Haare und ich habe Anna
nie kennen gelernt. Sie starb ein Jahr vor meiner Geburt,
und wenn man sie gefragt hätte, ob sie noch mit mir ge-
rechnet hat, denn ich war wohl ein Nachzügler, so nennt
man das, neun Jahre nach der Schwester das Licht der
Welt zu erblicken, hätte sie vermutlich verneint.

Man fragt mich, warum ich das tue.

Von Anna wurde gesprochen. Von Anna wird noch immer gesprochen. Anna ist präsent in den Köpfen derer, die sie gekannt haben. Bei alljährlich stattfindenden Familientreffen geht es nicht ohne sie. Immer wieder erlebt sie virtuelle Revivals, es kommt zu regelrechten Wiederauferstehungen durch mündliche Überlieferung. Sie spielt in Anekdoten und Geschichten eine Hauptrolle, und ihre Persönlichkeit schien und scheint uns so einzigartig und bemerkenswert, dass auch die nachwachsende Generation bereits wieder von ihrer Ururgroßmutter erfährt.

Wenn ich also gefragt werde, warum ich das tue, lautet meine Antwort: Manche Geschichten liegen einem in der Magengrube. Dort rühren sie sich nicht heraus, bis man sie niedergeschrieben oder eine andere, wesensähnlichere Form gefunden hat, sie loszuwerden. Es ist wie mit den Haarbällchen, die von Katzen wieder nach oben gewürgt werden. Erst wenn alles draußen ist, kann man wieder befreit atmen und ist fähig, Neues zu beginnen.

Annas Leben kommt anekdotenhaft, aus ihren Kindertagen existiert keine Fotografie. Es scheint fast, als hätte sie erst als verheiratete Frau zu existieren begonnen. Was natürlich ein Blödsinn ist, es wird schon Kinderfotos gegeben haben von ihr, doch sie hat zu einer Zeit gelebt, als Fotos noch nicht manisch zu jeder Tages- und Nachtzeit gemacht wurden, und die wenigen Exemplare werden einfach dem Lauf der Zeit anheim gefallen sein, vernichtet, vergessen irgendwo.

Die letzte Aufnahme, die vor ihrem Tod gemacht wurde, zeigt eine robuste Frau mit schlohweißen Haaren, die

von einem Haarnetz zusammengehalten werden. Sie hat diesen *leckts mich bitte alle am Arsch*-Blick.
Es liegt, ach Klischee, keine Angst in ihren Augen. Vor meiner ersten Lesung, in den Stunden, in denen ich dachte, ich lese ganz sicher nie vor fremden Leuten meine eigenen Texte!, dachte ich an diesen Blick und dass Anna das mit links geschafft hätte und obendrein genossen. Eine Urgroßmutter als Talisman der eingeschüchterten Nachkommenschaft, als Unterpfand fürs Selbstbewusstsein.
Ich hab meine Lesung zumindest im letzten Drittel genossen.

Was man alles tun und lassen soll, wenn man das Leben einer nie gekannten Frau rekonstruieren will. Ein Buch als work in progress, von dem man im Vorhinein schon weiß, dass da gar kein homogenes Bild herauskommen kann! Nein, nur Neugier kann befriedigt werden und vielleicht Restkraft ausgesaugt aus dem imaginären Urgroßmutterbild.
Wenn es den Wünschen entspricht.

Im Frühling: das Binden

Durch das Binden werden die Bögen und Strecker des Weinstockes in die für sie günstigste Lage gebracht. Am besten wird gebunden, wenn die Knospen noch nicht vorgetrieben sind und die Weinreben sich leicht binden lassen. Einen positiven Einfluss übt dabei auch feuchte Luft bei Nebel oder nach Regen aus.
Zum Anbinden verwendet man am besten Goldweide. Ausserdem eignet sich dazu die Ural- oder Steinweide. In letzter Zeit fand mit Vorteil Jutebindegarn oder auch geglühter Eisendraht Verwendung.
In niedrigen Lagen lässt man die Tragreben eher bis nach der Zeit der Frühlingsfroste stehen um sie aus der untersten Luftschicht, welche sich am stärksten abkühlt, herauszuhalten. In steilen Lagen werden jüngere Stöcke an den Pfahl gebunden, damit sie durch nachschiebendes Erdreich nicht bergabwärts gedrängt werden.

Anna stammte aus der Untersteiermark.

Sie wurde in eine Monarchie hineingeboren, die nicht mehr lange existieren würde. Wo sie auf die Welt kam, da wurde Slowenisch und Deutsch zu gleichen Teilen gesprochen, wo sie aufwuchs, gab es birkendominierte Mischwälder, alles bunt, alles durcheinander. Ärmliche Häuser waren an die Hügel gehäuft worden, die Hügel wie schlafende Drachen so kitschig schön, und sicher waren die Häuser innen sauber und adrett, im Gegensatz zur Fassade außen, an der der Verputz häufig nur mehr in Farbhinweisen erhalten geblieben war. Hügel an Hügel an Hügel. Bewaldet und einladend. Bühel ist wohl das richtigere Wort, so lautmalerisch gerundet und sanft für diese Aneinanderreihung des Heimeligen.

In Konjice, wo sie geboren wurde und aufwuchs, befindet sich das schwarze Loch ihrer Kindheitsjahre.

Es hat sowohl Zeitzeugen als auch selbstreflektierende Berichte in sich hineingesaugt und muss aus rekonstruierenden Fiktivitäten zusammengestückelt werden. Nur der Ort selbst beliefert uns mit Gesichertheiten.

Heute heißt er Konjice, unter Gonobitz konnte man ihn damals finden. Es ist ein unverdienterweise leicht übersehbarer Flecken zwischen Marburg und Celje, man erreicht ihn ganz gemütlich über eine eigene Autobahnabfahrt. Die mitten im Ort liegenden Weingärten, noch ganz althergebrachter Weinbau, mit Pfosten aus Holz und alles schief und krumm, aber echt, werden von im Halbkreis hingestreuten Bergen beschützt. Ein Flüsschen, die Dravinja, fließt vorüber.

Dort ließ es sich schon leben als Kind, und die größte Attraktion für die Geschwister war es, wenn ihnen erlaubt wurde, zum nicht weit entfernten Bach zu gehen, der mitten durch die Hauptstraße fließt, das ist dann auch schon der ganze Ort, nur die Hauptstraße und ein paar Häuser links und rechts, an einem Ende die obligate Kirche. Hie und da hat man Bretter über den Bach gelegt, er ist zu klein, um echte Brücken zu rechtfertigen, aber zu breit, um von den älteren Weiblein übersprungen zu werden. Dort kann man Steine reinwerfen, Rindenschiffe auf ihre Schwimmtauglichkeit überprüfen und reinspucken, wenn keiner hinsieht. Manchmal nimmt sich die Mutter eine Auszeit, ihre Kinder an die Hand und geht mit ihnen von Hügel zu Hügel, einfach so, ein Sonntagsspaziergang heute.

Im Elternhaus wird Deutsch und Slowenisch gesprochen.
Die slawischen Elemente ihrer Herkunft leugnete sie später durch Nichterwähnung. Auf die Sprache griff sie nur in Notfällen zurück.
Annas Vater ist Holzhändler, die Mutter schlicht Hausfrau und Mutter.
Geschwister sind da einige. Mindestens drei Brüder und zwei Schwestern. Später würde Anna selbst unter Anführungszeichen „nur" drei Kinder auf die Welt bringen, drei Söhne, um genau zu sein, und dabei würde es bleiben. Sie wusste entweder mit sicheren Verhütungsmethoden umzugehen oder fand andere Mittel und Wege.
Der Vater trinkt und schlägt Frau und Kinder im betrunkenen Zustand. Das ist ein von Kindern derart oft durchlebtes Martyrium, dass es schon gar nichts Außergewöhnliches mehr ist, aber nichtsdestoweniger schrecklich für die betroffenen Personen.
Die Kinder ahnen bereits die zu durchwachende Nacht, wenn sie des Abends von der Mutter ins Bett geschickt werden und der Vater noch nicht anwesend ist. Allein die Angst vor seinem Nachhausekommen bringt sie um den

Schlaf. Vollmond ist es, seufzt die Mutter, auch ihre Nerven gehen schon durch um acht am Abend und lassen sich bis Mitternacht nicht einfangen. Anna, Kind, wird weinen, wenn die Rossgerte um ihre Waden klatscht und als Erwachsene wird sie das Verprügeln der Kinder wieder den Männern überlassen. Aber es wird nicht mehr passieren aus Trunkenheit. Es wird nur mehr passieren, wenn es *wirklich* notwendig ist. Das gehört sich so.

Irgendwann, Anna ist zwischen sechs und zehn Jahre alt, also im schulbildungsnötigen Alter, wird sie in eine Klosterschule geschickt. Die Klosterschule befindet sich in der Nähe des Ortes Wildon, die Oberin ist entfernt verwandt mit der Familie.
Die Institution prägt das junge Mädchen und das Bild, das sie von derlei Einrichtungen entwickelt; es ist kein gutes. Sie hasst das streng geregelte und mühsam karge Internatsleben, doch sie wird seltener als vom Vater zuhause und nicht ohne vorhergehende Begründung geschlagen, gezüchtigt sagte man damals wohl. Als Erwachsene wird sie sich kein Blatt vor den Mund nehmen, wenn es um ihre schlechte Meinung über die Geistlichkeit im Allgemeinen und die Nonnen im Besonderen geht, sie wird aber nicht verhindern, dass ihre Söhne noch in Internate kommen. Da muss man durch, auch das gehört sich so, und was einen nicht umbringt
–
Erst bei den Enkelkindern werden Ausnahmen erlaubt.

So erträgt sie das frühe Aufstehen und das trockene Frühstück, den normalen Schulunterricht besucht sie gern, wenn auch dort kein noch so kleiner Anlass ausgelassen wird, schnell einen Rosenkranz zu beten oder

der heiligen Jungfrau zu danken. Die Schule hat haus- und landwirtschaftliche Schwerpunkte, die Mädchen, und es sind natürlich nur Mädchen, Gott bewahre, werden auf die Versorgung und Verwaltung von Haus und Hof eingestellt. Rund um das Kloster bewaldete Hügel und selten fremde Menschen, denen man auf den zeitlich limitierten Spaziergängen begegnen könnte. In den Gärten rund um das Kloster dürfen sich die Schülerinnen auch alleine aufhalten. Bei einem derartigen Aufenthalt im Garten ist es, als Anna fast so etwas wie ein Zufriedenheitsgefühl mit sich selbst und der Umgebung empfindet, ein mit sich selbst Frieden schließen und von mir aus auch mit Gott, was man halt so an weltumspannenden circle-of-life- Gefühlen zu produzieren imstande ist, wenn man die Fünfzehn gerade überschritten hat. Da sind die flammenden Blumenbeete und die Vögel zwitschern und alles ist ganz wundertoll und sie hat keinen Schimmer von dem, was sie erwartet. Sie hat keine Ahnung, dass das Leitmotiv ihres Lebens einmal sein würde, dass es keinen Gott geben *kann*, denn wenn es ihn geben würde, hätte er all das nicht zugelassen. Die Vögel also zwitschern, und die Sonne scheint.

Die Klosterschule befindet sich, wie gesagt, in der Nähe Wildons, hier wird nur mehr Deutsch gesprochen und das Slowenische vergisst sie recht schnell, es ist wie ein ungeliebter Dialekt, den die Kinder in den Schulen zugunsten der vermeintlichen Hochsprache bald ablegen. *Was deutsch und echt, wüsst keiner mehr, lebts nicht in deutscher Meister Ehr,* und *Hoch lebe der Kaiser! Hoch lebe unser Vaterland!*
Man muss ja nicht unbedingt rumerzählen, wo man herkommt. Auch wenn es sich tatsächlich um einen Teil der Steiermark handelt, in den Köpfen ist alles da unten windisch.

Mit Sechzehn werden sie alle in die Freiheit entlassen. Anna kehrt nicht zu ihrer Familie nach Celje zurück, sie bleibt in Straß, wo eine frömmelnde Tante wohnt, die sich ihrer annimmt. Natürlich muss sie sich ihren Lebensunterhalt selbst verdienen, so beginnt sie in einem Gasthaus zu arbeiten, selbstverständlich nur tagsüber. Wenn man um Neunzehnhundert mit sechzehn Jahren am Abend oder gar in die Nacht hinein in einem Wirtshaus sein Geld verdient, ist das dem guten Ruf eher abträglich.

Sie kellnert also, diese Arbeit ist als Übergangsphase, als Provisorium gedacht, aber was sie eigentlich wirklich machen will aus ihrem Leben, das weiß sie noch nicht. Eine ungefähre Vorstellung besteht aus einem idealistischen Konvolut von Haus, Mann und Kindern, und ein bisschen darüber hinaus vielleicht. Ein bisschen mehr Geld und ein bisschen mehr Macht haben als die anderen, das wär schon was. Ein bisschen besser aufpassen auf das Erreichte, ein wenig mehr daran arbeiten, und auf keinen Fall will sie mal so enden wie die eigenen Eltern.

Wie sie dieses Ziel erreichen soll, darüber ist sie sich selbst noch nicht im Klaren. Sie weiß nur, dass sie weder Lust hat, hier in der Provinz hinter einem Tresen zu versumpfen, noch die Nerven, weiterhin bei der Tante zu wohnen, samt ihren Morgen-, Mittag- und Abendbetereien.

Bevor dieser Zustand des nicht mehr Wollens und noch nicht genau Wissens ein akuter zu werden droht, findet Anna gerade rechtzeitig den Mann ihres Lebens. Es ist fraglich, ob man den in diesem Satz euphorisch mitschwingenden Unterton so stehen lassen darf. Aber die Formulierung stimmt im wortwörtlichen Sinn, denn die Beiden hielten einander aus und das Leben gemeinsam durch bis zum Tod.

Nehmen's den Zahnstocher aus dem Mund, Fräulein An-nerl, sagt er immer, er ist ein Stammgast und ertappt sie einmal dabei, wie sie wenig damenhaft einen Zahnstocher im Mundwinkel behält, um darauf herumzukauen, das hat was entspannendes, sie raucht nicht; *Nehmen's den Zahnstocher aus dem Mund, oder ich geb ihnen ein Busserl darauf.* Das entwickelt sich bei wiederholten Besuchen des Herrn Carl, wie sie ihn nennt, zu einem running gag, bis sie sich näher kommen. Bald nahe genug, um dem Fräulein Annerl wirklich ein Busserl auf den Mund zu geben, und das war dann so gut wie ein Heiratsantrag.

Anlässlich der goldenen Hochzeit, sechzig Jahre später, wurde das Fräulein Anna von der *Kleinen Zeitung* interviewt. Sie verstellt sich da, mimt das anschmiegsame Weibchen, das Zeit seines Lebens glücklich war in einer traditionellen Rollenaufteilung. Vielleicht ein Geschenk an ihren Mann, der zu diesem Zeitpunkt schon im Sterben lag und das noch nicht wusste.

Er hat sich halt kapriziert ghabt auf mich.

Die Wirklichkeit war leider auch vor hundert Jahren nicht so romantisch, wie wir sie gerne lesen würden. Das Fräulein Anna wäre als durchschnittliche Schankhilfe vielleicht gebusselt oder auch mehr geworden, geheiratet jedoch ganz sicher nicht. Schließlich war der Herr Carl ja auch ein vermögender und irgendwas hat das Mädel schon mitbringen müssen in die Ehe, ganz so einfach ging das dann auch nicht. Ein reicher Verwandter ist die Rettung, es ist der ledige und kinderlose Bruder der Mutter, Dechant ist er obendrein, und dieser *Onkel Dechant* lässt Anna wie auch ihren zwei Schwestern eine ordentliche Mitgift zukommen, als es ans Heiraten geht. Mit Initialen bestickte Batisttaschentücher, linnene Bettwäsche und einen angemessenen Geldbetrag natürlich.

Der Trauschein ist in zwei Sprachen ausgestellt, die zu bezahlende Gebühr betrug einen Schilling, oder auch zehn Dinar, Stempelmarke. Alle Eigennamen, die Personen und Örtlichkeiten betreffend, stehen da wie selbstverständlich auf Deutsch und Slowenisch.

Das Fräulein Annerl und der Herr Carl heiraten im November, kein gewöhnlicher Monat zum Heiraten, kein Stimmungsmonat schlechthin, voller Sonnenschein und Blütenduft. Noch dazu neigt er sich bereits dem Ende zu und das Wetter ist entsprechend. Aber die zwei, die da vorhaben, sich zu binden, bis dass der Tod sie scheidet, brauchen keinen Sonnenschein. Sie sind beide zufrieden mit dem Partner, den sie gefunden haben, und weniger glücklich über den jeweils anderen als vielmehr über die eigene Zufriedenheit. Beide sind sie sogar ein wenig verliebt und vertrauen darauf, dass dieses Gefühl stärker werden wird oder sie sich sonst irgendwie arrangieren werden.

Er heiratet eine Frau, die hübsch ist, mit Hausverstand begabt zu sein scheint und weiß, dass man hart arbeiten muss, um irgendwas in dieser Welt zu erreichen. Er ist sich sicher, dass sie ihm auch beim Erben-in-die-Welt-Setzen keine Probleme machen wird, sie strahlt Gesundheit aus und hat ein breites, gebärfreudiges Becken (und, aber das erzählt er nur einmal in volltrunkenem Zustand seinen bevorzugten Stammtischkumpanen, *einen prächtigen Hintern*).

Sie heiratet einen Mann, der einen Großteil der Charaktereigenschaften besitzt, die dem damaligen Standard entsprechend einen hervorragenden Ehemann ausmachen. Geld zum Beispiel.

Hübsch ist er auch, wenn man das bei einem Mann überhaupt so sagen kann, obendrein findet sie ihn irgendwie ganz amüsant und reden kann sie auch gut mit ihm. In der Öffentlichkeit scheint er ziemlich angesehen zu sein. Daheim benimmt er sich geradezu rührend anspruchslos und wünscht sich nichts mehr, als dass sie sich zu ihm setzt, wenn er nach Hause kommt.

Lebenslustig ist sie, oh ja, aber auch sehr ehrgeizig. Sie ist bereit, viel zu tun für ihr Glück, für ihres und das ihrer Familie. Sie lässt sich gern was beibringen. So jung wie sie jetzt ist, lässt sie sich auch noch was sagen, da hört sie auch noch auf Ratschläge anderer. Jetzt wird erst mal vermählt, dann für Kinder gesorgt.

Anna schaut gut aus, sie glüht vor Aufregung, sie trägt ihr langes Haar hochgesteckt und das Hochzeitskleid wurde ihr auf den Leib geschneidert. Sie freut sich auf die Feier, sie freut sich auf den ganzen Tag, nur vor der Nacht hat sie ein wenig Angst, aber sie kann sich nicht vorstellen, dass der Carl grob ist, und sie für ihren Teil hat genug darüber gelesen.

Sie hofft, dass sie auch alles richtig verstanden hat, denn die Bücher, die sie zu Rate gezogen hat, scheuen sich sehr, die Dinge beim Namen zu nennen. Es sollen die zukünftigen Ehefrauen ja nicht vorsätzlich verdorben werden.

Den Altweibersommer hat man also verpasst, jetzt zieht nur mehr Nebel durch Celje, er kommt von den umliegenden Bergen und vom Fluss herüber und tut sich schwer mit dem Aufsteigen.

Die Trauung findet in der Kirche des heiligen Daniel statt. Sie befindet sich am Stadtrand, gleich neben der Savinje, im älteren Teil von Celje. Rundherum altes Gemäuer, die Kirche scheint sich nach einem Befreiungsschlag aus den sie bedrängenden Wohnhäusern zu sehnen und der Kirchenvorplatz ist viel zu klein für die vielen Menschen, die eingeladen wurden zur Feier. Die Leute drängen sich lieber in die Kirche hinein, die zwar sehr schön ist, aber einen Großteil dieser Schönheit an die in ihr herrschende Dunkelheit verliert. Es gibt zu wenige Fenster, zu wenig lichte Möglichkeiten. Vierundzwanzig Brautschritte sind es vom Eingang bis zum Altar. Der Kaplan, der die Zeremonie durchführt, heißt Jozef Somrek, er hat eine schöne steile Handschrift und trägt sich und alle Beteiligten mit schwarzer Tinte ins Trauungsbuch ein. Die Tinte ist in den Jahren verblasst.

Celje ist auch als Cilli bekannt und heute schnell erreichbar, mit dem Zug wie auch mit dem Auto, die Autobahn ist gut ausgebaut und geht von Maribor weiter Richtung Ljubljana.
Im Frühjahr bin ich dahin gefahren, ich wollte mit einem Freund nach Koper, nur einmal schnell das Meer sehen, leider sind wir in Celje nicht stehen geblieben, jetzt tut mir das schon Leid. Ich wollte wissen, ob Anna je das Meer gesehen hat. Ja, wurde mir mitgeteilt, sie hat. Sie ist ihrem Ehemann einmal bis nach Zadar gefolgt, wo er für längere Zeit persönlich anwesend sein musste. Damit er Frau und Familie dort nicht vergaß, fuhr Anna ihm nach und blieb, bis sie ihn wieder nach Hause begleiten konnte. Es war das einzige Mal, das sie des Meeres ansichtig wurde, und es war der einzige Urlaub, wenn man diesen Aufenthalt so nennen will, den die beiden je zusammen verbracht haben.

Kirchen verändern sich in einhundert Jahren nicht besonders, so sie nicht in das Kreuzfeuer eines Krieges oder verschiedener Naturgewalten geraten. Die besagte Kirche des heiligen Daniel ist eine der ältesten Kirchen im Gebiet und steht auch heute noch. Man sollte sich nur nicht zuviel erwarten von Celje, es ist zwar die drittgrößte Stadt Sloweniens, sich aber noch nicht ganz sicher, ob es eine ordentliche Stadt sein will oder doch lieber nicht.

Man kann dort sehr gute Krofi essen, Krapfen also, und Burek, gleich am Eck, gegenüber vom Rathaus.

Die ehemalige Burg eines gräflichen Geschlechts überschaut die Landschaft.

Der Trauschein besagt, dass der Besitzer Carel Stift, wohnhaft in Straß, Gott sei Dank ledig und katholisch, willens ist, das Fräulein Anna Walland zu heiraten, Holzhändlerstochter, wohnhaft in Celje/Cilli und ebenso alles im grünen Bereich, was Heiratsfähigkeit vor dem lieben Gott angeht.

Sie zählt poetische, jedoch nicht weiter ungewöhnliche siebzehn Lenze, als sie die Ehe eingeht.

In der Nacht, als alles vorbei war – und es ist halbwegs gut gegangen, sie gefällt ihm und fühlt sich gut an, sein Körper hingegen muss von Ihrem erst noch anerkannt werden, aber sie haben alles ohne nennenswerte Peinlichkeiten hinter sich gebracht –, legt er sich ganz dicht zu ihr hin, den Kopf auf ihrer rechten Brust, und umfasst ihre linke und alles ist rund und warm.

Sie hat immer noch das Gefühl, zu wenig Luft einzuatmen aufgrund der Anspannung, aber ihr Herzschlag wird bereits wieder stiller. Sie streichelt seinen Kopf mit dem bereits deutlich nach oben gerutschten Haaransatz, und beide fühlen sich eingefangen von der soeben stattgefundenen Entgrenzung; voll das Leben, und ab sofort werden sie langsam verlernen, jung zu sein.

Anna hat keinen zweiten Namen, Omschi sagt man erst im hohen Alter zu ihr, mehr respekt- als liebevoll, und Tete, Tante Tete, das ist französisch und heißt mit Circumflex *die Truppenspitze*, sagen ihre Freunde und entferntere Verwandten zu ihr. Truppenspitze, natürlich, das würde zu ihr passen; in Wirklichkeit ist es nur eine Verballhornung, entstanden aus der Überforderung der Dienstbotenkinder, die es nicht schafften, *küss die Hand, gnädige Frau* zu artikulieren, heraus kam dann vor allem unter den kleineren eine fürchterlich verstotterte Form und das klang bald wie Tante Tete.
Anna also: war durchschnittlich gebildet, nicht zu viel und nicht zu wenig und für alles Weitere war der Hausverstand da.
Ein großer Haushalt würde auf sie warten in Straß, im Elternhaus ihres Mannes, denn dort sollte die Familie gegründet werden, dort sollten die Hoffnungsträger der Zukunft in die Welt gesetzt werden. Sie würde den Haushalt gut managen, da war sie sich sicher, sie lebte darin auf, liebte es, wenn viel zu tun war und sie für Dinge verantwortlich war.
Carl ließ ihr das Sagen mit großer Gelassenheit. Er gestand ihr viel Zeit für Vergnügungen zu, ermutigte sie dazu, denn sie sollte sich in ihre neue Rolle einleben. Dazu gehörte es, Leute kennen zu lernen, den eigenen, gehobeneren Status wahrzunehmen und als Grande Dame zu agieren. Nun war sie die Frau vom Bürgermeister und reich obendrein, und in so einem überschaubaren Ort, der weniger als dreitausend Seelen zählt, ist das schon alles, worauf es ankommt. Anna hatte sich zur Alphalöwin hochgeheiratet.
Bei diversen Veranstaltungen, die den Armen der Ge-

meinde oder irgendeiner Kriegssammlung zugute ka-
men, betätigte sie sich musisch und spielte Piano und
Harmonium. Ein Harmonium ist kleiner als ein Piano,
und es unterscheidet sich von diesem außerdem durch
senkrecht gespannte Seiten. Ein rotes, leinengebun-
denes Liederbuch war ihr liebstes, *Anna Stift* schreibt
sie mit dem Federkiel auf die erste Seite, in schön ge-
schwungenen Buchstaben.

Jahre später stellt sie ein großes Klavier in ihr Schlafzimmer, auf dem sowohl mein Vater als auch meine
Schwester kläglich versagen würden. Meinen Vater hin-
derten die ungeschlachten Hände, meine Schwester die
nicht eingeforderte Disziplin.

Manchmal begleitet sie ihren Mann auf die Jagd, sie
trägt ein grünes Leinenkleid und ein Halstuch, wenn
sie mit ihm und anderen durch den Wald reitet, und hat
mehr Vergnügen an der Gesellschaft rund um sie als
am Töten der Tiere.
Am liebsten spielt sie Karten, Tarock, und hat sie keine Gesellschaft, legt sie endlose Patiencen, am Abend,
bei Kerzenlicht, bis sie müde ist. Sie ist nicht gerne allein und noch weniger gerne ist sie unbeschäftigt. Jahre später, als schon so viel passiert ist, scheut sie das
Alleinsein wie der sprichwörtliche Teufel das Weihwas-
ser. Allein sein heißt nachdenken müssen. Allein sein
bedeutet, den Gedanken und Vorstellungen nicht entkommen können. Das Haus der Familie ist das erste im
Markt, das einen Fernseher besitzt. Fernsehen ist eine
nette Art, sich nicht weiter mit sich selbst beschäftigen
zu müssen. Der erste Farbfernseher ist ein überdimen-
sioniertes Monstrum, das von drei Männern in den ersten Stock getragen werden muss. Bis sie sich mit die-

ser Technologie anfreundet, spielt sie Karten. Die Karten bewahrt sie in ihren Schreibtischen auf, so dass sie spielen kann, wo immer sie sich gerade aufhält.

Es findet sich fast immer jemand, der mitspielt, und einmal in der Woche lässt sich auch der befreundete Prälat zu dieser Weltlichkeit herab.

Was aber der jungen, der frisch vermählten Anna einen Schwerpunkt abseits der gutbürgerlichen Gesellschaft in Straß verschafft, ist die Morgengabe ihres Mannes.
Ein Geschenk des Mannes an seine Frau, gleich nach der ersten Nacht, ein Relikt aus dem germanischen Ehegüterrecht. Schließlich hat ja auch Anna eine Mitgift mitgebracht, die Morgengabe ist das Pendant dazu. Am Morgen danach also erhält die Gute einen Weingarten. *Einen* Weingarten, der später *der* Weingarten werden würde. Es sind noch nicht die zehn Hektar (hier in der Südsteiermark sagt man Hektár, man betont das a und singt das Wort, um lautmalerisch die Größe der so benannten Fläche auszudrücken), es ist ein kleines, sehr steiles Stück in der Nachbargemeinde Spielfeld, gleich zur Grenze hinunter, wo mehr schlecht als recht auch eine dazugehörige Winzerkeusche errichtet wurde.
Das Haus, das anfangs zur Verwaltung dient, ist nicht mehr als ein größeres Kellerstöckl. Das Geschenk ist nur als Zeitvertreib für die junge Frau gedacht, ein Hobby und ein Fluchtpunkt, wenn ihr das Treiben in Straß zuviel werden sollte.
Doch alles fügt sich gut. Anna flüchtet niemals in den Weingarten, denn sie scheut die Menschen nicht, im Gegenteil, sie lässt sich die Gesellschaft nachkommen zu ihrer bald befriedigendsten Arbeit, dem Weinbau. In ihren besten Zeiten ist sie nie allein hier oben. Und

mehr: Der temporäre Zeitvertreib wird zu einem Fixpunkt ihres Lebens, ein Bereich, der ganz allein ihr obliegt und Ruhm einbringt. Natürlich dauert es Jahre, bis die Weine vom Ried Grassnitzberg bekannter werden. Doch Anna ist ehrgeizig und lässt nicht locker, wenn sie sich erst einmal etwas vorgenommen hat.

Die weinwirtschaftlichen Kenntnisse bringt sie sich selbst bei. Sie liest Lehrbücher zum Weinbau und zur Weinbehandlung und sie holt sich die richtigen Leute, um von ihnen zu lernen. Ein Obstgarten wird im Graben angelegt, wo später die Grenze zu Jugoslawien gezogen werden wird. Man pflanzt dort Äpfel (Grafensteiner, Maschanzker), Birnen (Winterbirnen und Gute Luise), Kirschen und Zwetschken. Vor allem die Kirschen sind bei sämtlichen Anrainern oder Wanderern so beliebt, dass sie eines Tages, nachdem die Kirschernte schon wieder verdächtig mager ausgefallen ist, dafür aber davonlaufende Jungen beobachtet wurden mit rotverschmierten Mündern, befiehlt, die Bäume umsägen zu lassen. Wenn sie diese Früchte nicht genießen kann, soll auch sonst niemand etwas davon haben. Innerhalb weniger Jahre entsteht oben am Berg ein kleines Imperium. Das Kellerstöckl, wenn auch hübsch hergerichtet, reicht nicht mehr aus.

Ein großes Haus muss her und ein Pressgebäude. Ihr Mann leitet alles in die Wege und stellt die Mittel zur Verfügung, anwesend zu sein und Kontrolle auszuüben, dazu fehlt ihm jedoch die Zeit. Das muss schon Anna selbst tun.

Anna war ein Hundemensch. Im Weingarten waren ihre verlässlichsten Beschützer ihre Hunde, sie schützten sie in unruhigeren Zeiten vor Heimwehrlern oder Partisanen und nahmen ihr die Angst vor allem und jedem, was durch die nahe Grenze vielleicht gefährlicher war als anderswo. Egir, Dobaj und Prinz, so hießen sie. Die Hunde waren so stark wie ihre Namen. Erst waren es Bernhardiner, die sie sich zulegte, später Boxer, und bei denen blieb sie dann, das waren *ihre* Hunde und sie ließ ihnen nur Gutes angedeihen. Mit Katzen fing sie nicht so viel an, und wenn man sie zuordnen müsste, wie manche Menschen es tun, in eine der zwei rivalisierenden Gruppen, Hunde- oder Katzenmensch, würde sie sich, ohne zu zögern und mit Stolz, zu den Hundemenschen zählen. Hundemenschen mögen Hierarchien und klare Strukturen und vergelten anhängliche Liebe mit ebensolcher, kein Zweifel hier also. Die Hunde sorgten also für Sicherheit in der zeitweiligen Menschenleere des Weingartens, und für den nie eingetretenen Fall der Fälle bewahrte sie eine Pistole in einer Lade ihres Schreibtisches auf, perlmuttbesetzt und sehr damenhaft, aber funktionstüchtig.

Gespräche zu diesem Buch haben in privatem oder halböffentlichem Rahmen stattgefunden. In den meisten Fällen wurden sie von gelbem Muskateller oder Welschriesling begleitet.
Ich habe viel gehört und vieles nicht gehört, denn Gerüchte sind Gehörtes, doch von niemandem Ausgesprochenes.

Anna trinkt selbst nicht, im Sinne von, sie trinkt niemals soviel wie die Menschen ihrer Umgebung. Die sinnliche Beziehung zum eigenen Wein bleibt ihr fremd, dafür auch die Gefahr, der so viele andere verfallen. Für Anna ist der Wein ein Weg zur Selbstverwirklichung. Dazu muss sie ihn nicht trinken.
In der Familie der ersten Jahre gibt es auch einen

Schwiegervater. Er heißt Franz und liebt sie heiß, nicht auf unstandesgemäße Weise, aber er versteht seine Zufriedenheit mit der Wahl seines Sohnes zum Ausdruck zu bringen. Sie wird im Haus gut aufgenommen und er zeigt seine Zuneigung offen. Er selbst war fast dreißig Jahre verheiratet und hat es auf zwölf Kinder gebracht. Seine Frau ist nun tot und er hat mit seinen siebzig Jahren Geschäfte, Immobilien und überhaupt den ganzen Krempel dem einen Sohn übergeben, der ihm am fähigsten erscheint, dem Erstgeborenen. *Möge dem allseits hoch geachteten und hoch verehrten Mitbürger ein recht langer und angenehmer, durch die allseitigen Sympathien verschönter Lebensabend beschieden sein.*

Die hübsche, fähige und zuvorkommende Schwiegertochter, die bringt ihm noch ein bisschen Glanz in seine Tage. Sie gibt ihm ein bisschen der umsorgenden Weiblichkeit zurück, die ihm durch den Tod seiner Frau verlustig gegangen ist.

Wie sich die Person Anna, oder besser, die Persönlichkeit, entwickelt hätte, wenn sie als Siebzehnjährige in einen schwiegermutterdominierten Haushalt eingeheiratet hätte, ist eine Frage, die sich erst aufwirft, wenn man erfährt, wie sie später mit ihren Schwiegertöchtern umgegangen ist.

Im Sommer: die Laubarbeiten

Zu den Laubarbeiten gehört neben dem Ausbrechen der unfruchtbaren Schosse und dem Einkürzen der Geiztriebe auch das Gipfeln der Reben. Dabei werden um Mitte August die überhängenden Gipfel der Triebe abgeschnitten. Das geschieht, um die Beschattung des Bodens zu vermindern und den unteren Blättern mehr Licht zu geben. Das Gipfeln wird am besten um die oben angeführte Zeit ausgeführt, weil die Triebkraft des Stockes dann schon schwächer geworden ist und ein Neuaustrieb nicht oder nur schwach stattfindet. Als Kennzeichen für den geeigneten Zeitpunkt für das Gipfeln dient die von unten beginnende Bräunung der Triebe und der aufrecht stehenden Triebspitzen.

Das Kulturleben der Marktgemeinde Straß bestand vor hundert Jahren aus einem Gesangsverein und einer Schauspielgruppe. Anna engagiert sich in beiden, teils aus Gründen des Dabeiseins und Bescheidwissenwollens, teils, weil sie in der ersten Zeit nach der Hochzeit noch genügend Zeit dazu hat. Das erste Kind ist gerade erst unterwegs. Auch passt es gut ins Image der Bürgermeistersfrau, dass alle Gesangs- und Laienstückvorführungen einem guten Zweck gewidmet sind.

Die Zeitungsartikel, in denen sie oder ihr Mann erwähnt werden, bewahrt sie auf. Das sind vor allem Artikel aus Regionalzeitungen, sie schneidet sie aus, klebt sie in ein vermutlich für die Buchhaltung vorgesehenes Buch und kommentiert, wo es nötig scheint.
Das Buch selbst ist heute in einem alarmierendem Zustand, meine Arbeit tut ihr übriges, es ist in der Mitte auseinander gebrochen und muss ganz dringend neu gebunden werden. Die Artikel selbst sind glücklicherweise noch in guter Verfassung, nur einige der mit Bleistift geschriebenen Notizen sind kaum noch dechiffrierbar. Die Fotos sind natürlich alle schwarz-weiß. Die Auflösung dieser Fotos, vor allem bei den aus der Zeitung getrennten Bildern, ist grobkörnig. Das Papier der Zeitungen ist mürbe und dem Verfall nahe, die Buchseiten selbst bleiben standhaft.

Kurz nachdem Anna den Haushalt übernommen hat, erst einige Wochen verheiratet ist, ereignet sich ein kleiner Vorfall, nicht der Rede wert, und dennoch will er erzählt werden. Die Pflichten des Alltags so zu erledigen, wie es alle anderen verlangen, hat schnell von ihr Besitz ergriffen, schön langsam entwickelt sich in ihr auch der Ehrgeiz, wirklich alles gut zu machen. Der Kontakt zu ihren Eltern ist eine Zeitlang völlig abgebrochen gewesen, der letzte familiäre Zusammenhalt, so schwach er auch immer gewesen sein mag, löste sich in Luft auf, als der Vater von einem Tag auf den anderen das restliche Vermögen verlor, das er bis dahin noch nicht vertrunken hatte. Sämtlicher Besitz musste verkauft werden.

Annas Mutter reist aus der Untersteiermark an, mit einer ärmlichen Ochsenkutsche kommt sie, um ihrer nun wohlhabenden Tochter im Haushalt zu helfen. Sie bügelt, sie holt Kohlen aus dem Keller, sie hilft beim Kochen und ist praktisch ein unbezahltes Dienstmädchen. Dafür bietet man ihr ein sicheres Dach über dem Kopf. Es stößt sich niemand daran, denn nur ehrlicher Fleiß kann Schande mindern. Vom Vater wird nicht gesprochen, er ist Persona non grata. Keiner weiß, wo er sich aufhält, bis er eines Tages im Vorraum steht; das Haus des Bürgermeisters ist ja immer für alle offen.

Der Vater steht im Vorraum.

Seine Frau weiß bereits, dass er da ist. Sie wähnt, sein Husten zu hören, und glaubt, seine Anwesenheit zu spüren. Langgehegte Ehepaare haben diese Fähigkeit. Sie ist sich dessen gar nicht bewusst, doch ihr Nervensystem reagiert bereits gereizt, wenn er in hundert Meter Entfernung hustet. War er früher spätnachts nach Hause gekommen, war der Moment ihres Erwachens stets mit seinem sich nähernden Husten gekoppelt, sofern sie überhaupt geschlafen hatte. Das war dann der Moment, in dem ihr der kalte Schweiß ausbrach und der Schüttelfrost einsetzte. Zehn Minuten später hatte sie meistens alles hinter sich und ein paar bläulich heranreifende Flecken mehr.

Sie versucht, sich die Symptome der Panik beruhigend

auszureden, denn hier im Haus der Tochter sollte sie sicher sein. Was er überhaupt hier macht, fragt sie sich, er wollte sich ja nach einer Beschäftigung umsehen. Der Holzhändler ist nun kein Holzhändler mehr. Der Holzhändler hat in einer einzigen Nacht eine besoffene Geschichte gedreht und für einen vermeintlichen Freund sein gesamtes Vermögen verschleudert. Nun hat er keinen Besitz und kein Leben mehr und kommt in größter Not zum Haus der einen Tochter mit dem meisten Geld.

Und die Mutter spürt erstmals den Stolz, den sie auf ihre Tochter entwickelt hat – natürlich, sie sind sich gegenseitig auch nichts schuldig geblieben, aber teilweise konnte sie die rasante Entwicklung ihrer Tochter nur sich mit offenem Mund wundernd beobachten.

Anna hat viel gelernt. Vor allem hat Anna gelernt, ihren Willen durchzusetzen, und weil sie ihrem Vater kein Quäntchen Achtung entgegenbringt – nie entgegengebracht hat –, ist ihre Reaktion auf seine Ankunft vorhersehbar. Sobald sie hört, dass er da ist, die Mutter hat sich dezent im Hintergrund gehalten, aber die Köchin ist schon rauf ins Allerheiligste und hat der Dame des Hauses Bescheid gesagt, sobald sie also von der Anwesenheit ihres Vaters hört, strömt sie förmlich durch die Glastür, rauscht die Stiegen hinunter, aber nur den halben Weg, denn er ist es nicht wert, dass sie sich bis zu ihm hinunter begibt, bleibt also auf halbem Weg stehen und teilt ihm mit relativ beherrschter Miene mit, dass er hier nicht willkommen ist.

Wir haben keinen Platz für Pleitegeier sagt sie. Der Vater schaut nur groß. Also wiederholt sie und weist dann mit eindeutiger, und das spürt sie in dem Moment selbst, ein bisschen zu dramatischer Geste auf die Ausgangstür.

Das ist ihre Art, Probleme zu lösen. Keine stundenlangen Analysen, keine Aufarbeitung des Vater-Tochter-Geflechtes und sämtlicher ungünstiger Beziehungskonstellationen, keine Familienaufstellung und keine Sitzungen auf der Couch.

Die in Zukunft *Gnädige* genannt werden wird, weist ihrem Vater die Tür und nach der zweiten Aufforderung hat er das auch verstanden und schlägt dieselbe hinter sich zu.

Eventuell wird man ihr diesen Satz später vorhalten, vielleicht auch erst nach ihrem Tod leise flüstern hinter vorgehaltenen Händen, denn über Tote redet man nicht schlecht, aber sogar das relativiert sich nach vierzig Jahren oder mehr.

Angeblich hat ja sogar die Frau Mama nach dem ersten Schreck die Hände gefaltet und gen Himmel gerungen. *Wenn du das nur nicht zurückbekommst, Annerl, wenn du das nur nicht zurückbekommst.*

Nach vierzig Jahren oder mehr wird die allgemeine Meinung sich vielleicht soweit dazu verstiegen haben, dass das, was dann folgte, nur die gerechte Strafe war für diesen jugendlichen Stolz. Hochmut kommt vor den Fall, und Sprichwörter enthalten ja auch alle ein Körnchen Wahrheit, und *oft haben wir uns gedacht, das war vielleicht die Strafe*, und dann wird nur mehr getuschelt. Wenn es wirklich so war, hat das *Annerl* erst zu einem Zeitpunkt bereut, als es keiner mehr so nennen wollte.

Wenn ich alles richtig verstanden habe bei den ufer- und genrelosen Erzählungen meines Vaters, war Urgroßvater Carl (sie hießen damals alle Karl, mein Vater immerhin hatte es schon zu einem Doppelnamen gebracht, nämlich Karl-Erwin, zwei Fliegen mit einer Klappe erwischt, zwei Onkel mit einem Kind geehrt, quasi) nach seinem Vater der nächste Bürgermeister von Straß. Die Inschrift auf dem Friedhof, den er miterbauen ließ, ist schon ziemlich verwittert, doch es reicht noch für ein Ehrengrabkranz am Ehrengrab jeden ersten November.

Das von der Familie bewohnte Haus war gleichzeitig Rathaus des Marktes und diese Funktion hat es auch heute noch inne.

Das Haus war zweistöckig. Innen gab es ein Gewirr von Zimmern, endlose Zimmerfluchten, könnte man an dieser Stelle vielleicht einsetzen, aber wir wollen nicht übertreiben, es war einfach ein sehr großes und geräumiges Haus. Daran angeschlossen war ein Kohlengeschäft, ein riesiger Garten, der Anna im späteren Leben noch zu einer weiteren Beschäftigung verführen würde, einem weiteren ungewöhnlichen Zeitvertreib neben dem Tarockspielen, nämlich dem Züchten von Spargel; weiters waren da noch die Stallungen und allerlei Vorrats- und Nutzräume.

Die Stallungen dienten nicht nur privaten Zwecken. Hier residierten sowohl ungarische Rappen als auch Gemeindeeber und Gemeindestier, die zur Befruchtung der im näheren Umkreis beheimateten gegengeschlechtlichen Tiere eingesetzt wurden. Der neben dem hünenhaften Stier so harmlos wirkende Eber hatte es eines Tages zuwege gebracht, einem zur falschen Zeit am falschen Ort verweilenden Pferd den Bauch aufzuschlitzen. Dem Tier waren die Gedärme aus dem Bauch geglitten, bevor es tot umfiel.

Das war einer der Gründe dafür, die ungarischen Rappen mehrfach gesichert und geschützt unterzubringen. Feurige, prächtige Tiere mit wild glänzendem Fell waren das, in ihr Futter waren angeblich immer Spuren von Arsen gemischt, was sie zu Höchstleistungen antrieb und das Fell mit zusätzlichem Funkenschlag versorgte. Auch der Kutscher nahm das Arsen zu sich, schließlich galt das zur damaligen Zeit als *Therapeuticum* und obendrein liebte er seine Tiere. Sein Bart war auf ungarische Art gezwirbelt, dass er auf seinem Kutschbock sitzend direkt aus der Monarchie zu kommen schien. Genau das war er auch. Unterm Kaiser war er noch jung, und besser wurde die Zeit danach nicht. Nach ein paar Jahren musste man ihm alle zwei Beine bis zur Hüfte amputieren, man gab dem Arsen die Schuld, nichtsdestoweniger blieb er ein stets Zufriedenheit ausstrahlender Mensch. Die Pferde wurden an die Bestattung vermietet, wenn es denn mal wieder soweit war. Es gab drei verschiedene Arten des zu Grabe Tragens. Je teurer ein Begräbnis war, desto mehr putzte man die Pferde und den Kutscher heraus. Leider vertrug sich die Ernsthaftigkeit eines letzten Ganges nicht immer mit dem Feuer im Arsch der Pferde.

Ein einziges Mal waren die Viecher so aufgeputscht, dass sie in der zum Friedhof führenden Allee durchgingen, die Rechtskurve schlecht kriegten und der Sarg im Fallen die Leiche freigab. Das war für die Angehörigen natürlich nicht schön, dem Betroffenen dafür aber auch schon egal.

Mitten im Haus waren Glocken an verschiedenen Stellen angebracht, und wenn wo jemand eine Glocke läutete, dann war das mit Gewissheit die gnädige Frau, die nach der Erfüllung eines Wunsches heischte.

Sie residierte im ersten Stock und sie kam die mit rotem Kokosläufer bedeckten Stufen nur herunter, wenn es unumgänglich war. Dieser Fall trat sehr selten ein, denn die gesamte Infrastruktur des Hauses gab es ein zweites Mal im ersten Stock. Im Parterre existierte je-

doch eine andere Dimension, es war die Kopie des ersten Stockes, auf Gesinde getrimmt.
Leuteküche, Bedienerinnenzimmer, Bügelzimmer und Speiseraum.

Zu Weihnachten durften sich die Angestellten dasselbe Essen auftragen wie die Herrschaften einen Stock darüber. Man betrachtete das als außerordentlich großherzig und tatsächlich waren es solche Gesten, die dafür sorgten, dass die in dem Haus arbeitenden Leute gern dort arbeiteten und sich immer ein wenig wohler und zur Familie gehöriger fühlten als anderswo.
Die hinaufführende Treppe muss man sich einmal nach links schwenkend vorstellen, oben angelangt fand sich der angekündigte Besucher vor einer breiten Front aus Glas wieder, die den Vorraum von der Außenwelt abgrenzte. Im ersten Stock befanden sich auch stets, zu allen Zeiten, die Schlafzimmer der Buben. Erst waren es die eigenen, die nahe der Mutter schlafen sollten, später waren es die Enkelkinder, die von der Großmutter dort einquartiert wurden, bevor auch nur ansatzweise Widerstand keimen konnte. Die Mutter der Enkelkinder hingegen hatte ihr Zimmer im Parterre.
Hier befand sich auch Annas Salon, der Olymp quasi, ausgestattet mit thronähnlichen Fauteuils, hier wurde angemessener Besuch in angemessenem Rahmen empfangen.

Annas Schlafzimmer war gewissermaßen das Allerheiligste des Hauses. In der Mitte stand ein wuchtiges Doppelbett und eine Pendeluhr ticktackte beruhigend. Licht fiel durch drei hohe Fenster in den Raum, auf den Fensterbänken bremsten viereckig gesteppte, mit blau-weißer Baumwolle bezogene Fensterpolster den eventuell eindringenden Luftzug.

Neben dem Doppelbett dominierte ein grüner Kachelofen den Raum, dann war da noch die Kommode, überbordend mit Frauenkram und Pastillendosen mit den allerbesten Krachmandeln für die Kinder. Schwere Teppiche, teure Bilder zum Drüberstreuen.

Ein Teil des Einkommens wurde auf den landwirtschaftlichen Besitzungen in Spielfeld erzielt. Wiesen, Wälder und natürlich der Weingarten, das alles war vorhanden und all das warf Ertrag ab. Die Distanzen zwischen dem Haupthaus in Straß und den einzelnen *Dependancen* wurden mit der Kutsche überwunden, Anna ging auch oft zu Fuß, das zu-Fuß-Gehen nützte sie zum Überdenken der verrichteten oder zu verrichtenden Arbeit. Von Straß bis Spielfeld war das vielleicht eine gute Stunde Denkzeit.

Und eben *ihr* Weingarten. Die einzige Konstante im Leben meiner Urgroßmutter, der einzige Fix- und Angelpunkt, um den sich ihr Leben von der Hochzeit bis zu ihrem Tod drehte, war der Weinbau. Alles andere änderte sich oder verschwand.
Ein Reststück des Besitzes in Spielfeld war das Grundstück, auf dem ich meine Kindheit verbrachte, und mehr als Fotos oder handschriftliche Notizen empfinde ich das als direkte Verbindung zwischen der Urgroßmutter und mir: Der Boden, auf dem wir gingen, war der gleiche, kalkhaltig und jahrmillionenalt. Die durch Herbstfäden vergoldete Sonne bescherte uns beiden die gleiche herzsprengende Stimmung. Der unserem Berg gegenüberliegende Berg war immer der gleiche unserem Haus gegenüberliegende Berg, es machte nichts, dass er mal untersteirisch, mal slowenisch sein sollte.
Mit den Slowenen war das sowieso eine seltsame Sa-

che. Gegenüber waren die Häuser keine Häuser, sondern Keuschen. Armselige Hühner und armselige Kinder rannten um die Wette. Dort war es immer schattig.

Anna hatte drei Söhne und sie überlebte alle drei. Angeblich hat sie beim Tod des ersten bereits über Nacht graue Haare bekommen. In Extremsituationen schüttet der menschliche Körper ein Hormon aus, das die Haare spontan weiß zu machen in der Lage ist. Dass alle bereits vorhandenen Haare weiß werden, ist *natürlich* unmöglich, auf jeden Fall hat dieses über Nacht ergraute Haar ihre Trauer unübersehbar gemacht, und es hat zur Legendenbildung ein weiteres Quäntchen beigetragen.
Als ihr dritter Sohn auch noch gestorben war, schrieb sie etwas auf ein gesticktes *Glaubehoffnungliebe*-Bild (vielleicht hat sie es zuvor auch eigenhändig gestickt, mit einer abgestumpften Nadel das baumwollene Kreuzgitter durchstochen), sie kritzelt es auf die Rückseite, damit es keiner lesen kann. Das Bild ist inzwischen verschwunden und die paar Sätze vergessen, aber sie waren unsagbar traurig und zeigten den nahenden Wahnsinn, der sie dann doch nicht erwischte.
Vielleicht bin ich dem Teufel in die Arme gerannt. Ich erzähle meinem Onkel, dass ich mit der Projektbeschreibung zu dieser Erzählung zwei Preise zugesprochen bekommen habe.
Er denkt kurz nach und sagt dann *eigentlich verkaufst du deine Urgroßmutter*. Ich denke ebenfalls kurz nach und antworte *ja, eigentlich stimmt das*.

Anna war stolz auf ihre Familie, und in dieser Familie gab es niemanden, der es wagen durfte, nicht ebenso stolz darauf zu sein. Ein Teil dieses Stolzes war die bereits erwähnte penible Recherche- und Archivierarbeit, die sie kontinuierlich vollzog.

Zeitungsausschnitte, und mochten sie noch so klein und unbedeutend wirken, deren Inhalt Ehrungen, Leistungen oder Tod eines Familienmitgliedes waren, sammelte sie im bereits erwähnten Buch und kommentierte, wenn sie es sich nicht verkneifen konnte. Ganz selten sprechen emotionale, ja richtende Urteile aus diesen Kommentaren. Meist lässt sie die Artikel für sich sprechen.

Nahe liegend ist es, folgenden Satz zu verfassen, und wir dürfen ruhig ein bisschen Pathos zulassen in einer derartigen Materie – sie beschrieb und archivierte mit der Energie der weisen Voraussicht, dass dereinst ihre Urenkelin das ganze vergilbte Zeug nicht beim Fenster rauswerfen würde, sondern in eine neue Form bringen.

Und es blieben nicht nur die vergilbten Seiten, handschriftlichen Notizen und Fotos, die mithelfen sollten, den Stolz auf das wir zu formen und aufrechtzuerhalten, es blieb auch noch die Tradition, die dazu beitragen sollte. Die Dinge, die passieren müssen in genau vorgegebenen zeitlichen Rahmen, die Rituale, die einzuhalten sind, weil sie auch vor hundert Jahren eingehalten wurden, und sicherlich bereits davor.

Ganz besonders stark wirkt sich Tradition im weiten Feld der Nahrungsaufnahme aus.

Essen ist in unserer Familie ein penibelst geplanter, in regelmäßigen Intervallen zelebrierter Selbstglücklichmacher. Wir essen, weil wir uns dann gut fühlen. Wir freuen uns darauf und wir übertreiben es mit Sicherheit.

Ein Teil der Familie, der harte Kern, isst heute zu den *wichtigen Anlässen* wie Ostern und Weihnachten noch immer, was vor zwei bis drei Generationen gegessen wurde.

Wenn irgend möglich, in ungesund rauen Mengen. Alljährlich versuche ich mich gegen meinen degenerierten Überlebensinstinkt zu wehren, der mir sagt, dass das Abendland unweigerlich untergehen wird, wenn ich nicht vierzig Ostereier einzeln färbe. Egal welche Farben, egal ob Boden- oder Freilandhaltung, aber es müssen vierzig sein – sonst geht alles schief –

Den zahlreichen Varianten an zu backenden Weihnachtskeksen entkomme ich nur, wenn meine Kinder Weihnachten nicht bei mir verbringen, doch nicht ohne arge Schuldgefühle sowohl den Kindern wie auch dem Weihnachtsgebäck gegenüber.

Und so ist das noch mit dem interfamiliär weitergereichten Stolz: Man vergleicht die Charaktereigenschaften der Zielperson mit der der längst verblichenen. Es wird abgewogen und aufgerechnet, vielleicht ein bisschen nachschraffiert. Ähnlichkeiten nivellieren sich und am Ende kann man nicht mehr sagen, ob die Zielperson nicht doch nur eine Reinkarnation ist, noch dazu eine fehlerhafte. Da muss noch viel dazugelernt werden. Von den schlechten Eigenschaften spricht keiner.

Wenn schlechte Eigenschaften da sind, werden sie ansatzweise einverleibt. *Mit dem Geld umgehen zu können, liegt nicht in unserer Familie.* Wir schmeißen es beim Fenster raus, bevor wir es noch haben. Und eigensinnig sind wir alle, fürchterlich sture Hunde. Dickschädelig ist ein ambivalentes Charakteristikum, denn besser ein Dickschädel als ein Mostschädel.
Wir sind halt leider auch nur wir und nicht mehr.

Nichts davon ist neu oder aufregend. Wer hat nicht schon alles über Ur- Groß- oder Mutter geschrieben, was für eine ärmliche oder auch nicht so ärmliche Existenz sie führten, wie sie entweder ein reiches, aber deprimierendes Leben führten oder ein arbeitsreiches und trotz aller Ärmlichkeiten glückliches. Es hat in all diesen Fällen auch immer einen ganz tollen Ur- Groß- oder Vater gegeben, dem sie den jeweiligen Rücken stärken durften, und der war als Gegenleistung wie gesagt ganz toll.

Bei Anna war es anders. Anna war *selbst* toll und nebenbei hat sie vermutlich dem Urgroßvater den Rücken gestärkt, das will ich ihr gar nicht absprechen. Nur: Viel mehr weiß ich von ihr als von ihm. Post mortem gravierte sie sich in meinen Charakter.
Was von meinem Urgroßvater blieb, ist eine Inschrift am Eingang eines Dorffriedhofes, die mich nur zäh beeindruckt, wenn überhaupt, denn sie ist kaum mehr entzifferbar.
Vielleicht ist an dieser Stelle nun erstmals jemand beleidigt.

Und es gibt sie, die wirklich fremdartigen Schattierungen im Bild meiner Urgroßmutter, es gibt sie, die Dinge, die sie einzigartig und zu etwas besonderem machten; nicht zu einem Menschen, der gut war und voll überquellender Menschlichkeit, aber stark und strotzend von einem gewissen Etwas, das sie es schaffen ließ, durchs Leben zu gehen, ihr Leben fertigzuleben, auch als drei Söhne schon tot waren. Denn das ist genau das, was wir wissen wollen, wie man mit der Trauer lebt, ohne Depressionen und Selbstmordversuche, wie man trotzdem die Tage zu einem Ende bringt und nicht darauf verzichten will, mit Handkuss begrüßt zu werden.

Anna war eine beeindruckende Person, und keiner wusste genau zu sagen, woran das lag.

Sie war klein und stämmig und hatte angeblich den Teufel oder etwas Ähnliches im Leib.

Sie war energisch und ließ sich von niemandem etwas sagen. In ihrem Wirkungsfeld geschah genau das, was sie sich vorgenommen hatte.

Ja was denn! Es wird ja wohl noch so sein, wie ich es sage!

Ausnahmen ließ sie nicht zu, denn es bestand die Gefahr, dass sie die Regel nicht bestätigt hätten, sondern zur Regel werden würden.

Wenn ein Außenstehender nach einer Kurzcharakteristik fragt, gibt es eine einzige Geschichte, die ihm erzählt wird und die ausreicht, sich ein Bild zu machen.

Laut dieser Geschichte baute sie sich mitsamt ihrer Ausstrahlung vor einem Arbeiter, einem Winzer wohl, auf, der Mist gebaut hatte, und watschte ihn, gut südsteirisch gesagt, ab. Woraufhin sich der Arbeiter bei ihr bedankte.

Das ist schnell erzählt und sagt einiges über die Präsenz dieser Frau aus, denn auch zur Jahrhundertwende und knapp danach war es noch eher ungewöhnlich für kleingewachsene Frauen, ihre Arbeiter zu ohrfeigen und dafür gedankt zu bekommen. Anna˙ jedoch gelang das. Sie war nicht irgendeine Frau.

Sie war *die Gnädige*

hat mich heute wieder geschlagen. Es war eh schon lange nicht. Ich hab gar nicht gehört was sie gesagt hat, ich hab nur geschaut, dass keiner es sieht.

Ich glaub der Derschewitz hat es gesehen, aber ich bin mir nicht ganz sicher. Wahrscheinlich wollte er es gar nicht bemerken. Auf den Derschewitz kann man sich verlassen. Der sagt nichts. Ich sag ja auch nichts. Sie ist einen Kopf kleiner aber sie ist die gnädige Frau, sie ist

die Herrin vom Gut und ich kann überhaupt nichts tun.
Die von hier machen die Arbeit der Weinberge nicht
mehr. Es gibt aber viel zu viel Arbeit, auch da wo wir
sind, am Grassnitzberg.
Deswegen werden wir geholt. Der Stundenlohn ist ge-
ring, dafür bekommen wir genug zu essen und den
Transport übernehmen sie auch.
In den Keuschen beim Obstgarten schlafen wir, wenn
die Arbeit so überhand nimmt, dass sich das Heimfah-
ren nicht mehr auszahlt. Das ist in der Leszeit so, oder
im Frühling, beim Rebschneiden.
Wenn sie wieder an ihre Söhne denkt und durch den
Weingarten rennt, weißt du schon, was kommt. Sie
achtet nicht auf die Pracht rundherum. Sieht nur dich.
Will nur Ablenkung.
Diesmal hab ich vergessen den Weinkeller abzuschlie-
ßen.
Traut sich eh niemand hin, auch von der Familie nicht,
ohne ihre Erlaubnis; von uns sowieso keiner.

Sie würde uns nie mehr zur Arbeit holen, wenn da was
sein tät. Wenn da was nicht in Ordnung wäre.
Der Joscha ist heut wieder nicht gekommen. Hat schon
die ganze Woche einen schwärenden Fuß gehabt und
immer öfter versucht, ihn im Slivovitz zu ersäufen. Es hat
keiner was gesagt, weil seine Arbeit hat er gemacht.
Und weil er der Schnapsbrenner obendrein ist, hat das
keiner von den Herrschaften bemerkt. Oder bemerkt,
aber nichts gesagt, denn ab und zu brennen sie schließ-
lich auch schwarz.
Am Abend, wenn er dann über die Herrschaft geflucht
hat, hat er das auf Slowenisch gemacht. Was kein Grund
wäre, ihm nicht übers Maul zu fahren, denn Slowenisch
kann die Gnädige, oh ja, kommt ja selber aus Gonobitz.
Aber der Joscha war schon so betrunken, dass ihn eh

keiner verstanden hat, auf Deutsch nicht und auf Slowenisch auch nicht.

Die Neue hab ich heut gesehen, das Kind. Sie kommt auch aus Slowenien, aber sie ist viel zu blond und viel zu zierlich für die Weinberge. Ganz weiche Hände, aber wenn du genau schaust, siehst du schon die kleinen Risse neben den Fingernägeln, und den Schmutz, der sich dort reinfrisst.
Die wird es einmal nicht leicht haben.
Wenn die Vanitza wissen würde, dass die Gnädigste mich schlägt, ich würde das nicht ertragen.
Ich habe eine gute Ehe mit der Vanitza. Sie hat Respekt vor mir. Ich schlage sie nicht und das ist selten. Ich trinke nicht so viel wie die anderen, und das ist auch selten.

In den Keuschen im Graben drunten ist alles Schläge und Geschrei. Die Kinder kriegen Slivovitz zum Beruhigen, damit die Mütter am Riegel stehen können und arbeiten.
Man wird dumm davon, ich hab das selbst gesehen.
Wenn die Vanitza wissen würd, das tät ich nicht ertragen. Klein ist sie, die Gnädigste, klein und resolut, stämmig und herrisch.
Alle haben sie Angst vor ihr, soll mir keiner erzählen, dass nicht ihr Mann auch Angst hat.

Eine Verkehrte sagt man. Eine Ohrfeige mit der verkehrten Hand. Egal ob Mann oder Frau. Vielleicht schlagt sie die Männer sogar ein bisschen weniger fest. Sie weiß, dass die Demütigung hart genug ist für einen Mann. Wir können nicht aus unserer Haut. Sie weiß, dass sie in dem Moment gewonnen hat.
In dem Moment hat sie gewonnen.

Trotz oder wegen solcher handgreiflichen Manöver zur Hierarchieklarstellung entwickelten einige der Arbeiter eine fast rührende Zuneigung sowohl zum ganzen Betrieb als auch zur Gnädigen.

Der alte Deutschmann kam, als er seiner Arbeit aus Altersgründen schon nicht mehr nachgehen konnte, noch regelmäßig zu Besuch, setzte sich in die Leuteküche und wartete auf seine kleine Jause. Und wenn er oder ein anderer, der schon einmal in ihren Diensten gestanden hatte, eintraf, dann kam Anna auch tatsächlich aus ihrem Reich im ersten Stock und setzte sich dazu. Sie hatte auf jeden Fall Zeit und ein offenes Ohr für eventuelle Probleme, doch meistens wollten die Besucher ja nur ein bisschen Ansprache. Der alte Deutschmann war lange Zeit Winzer gewesen, oben am Berg. Er war ein umsichtiger Vorarbeiter und in harten Zeiten hatten sie sowieso alle zusammengehalten. Das reichte, um zusammen ein paar Erinnerungen zu sentimentalisieren.

Nicht alles wird so offen erzählt wie die obige Episode. Manche Dinge werden nur von willigen Ohren gehört und danach will keiner was gesagt haben. Manches versteckt sich wohlweislich hinter einem *das ist ja schon so lange her* oder *das werden wir wohl nie mehr erfahren*. Viele Dinge sind durch den Tod unnachweislich geworden und manches wäre auch zu Lebzeiten nicht mehr geäußert worden, weil die Bindung der betreffenden Person zur Familie so groß war. So wie bei der Mitzi.

Die Mitzi hieß eigentlich Maria und entstammte dem slowenischen Dorf, das direkt an den Weingarten in Spielfeld grenzte. Irgendwann nach der Geburt des ersten oder zweiten Stammhalters machte sich Anna auf die Suche nach einem zuverlässigen Kindermädchen. Einem, dem sie ihre Prinzipien bedenkenlos angedeihen lassen konnte mit dem Wissen, dass sie getreu umgesetzt werden würden. Das war weit schwieriger, als eine Köchin oder ein Stubenmädchen zu finden, denn wenn die Fehler machten, konnte man sie feuern und die Sache war aus der Welt. Bei ihren Kindern wollte sie sich keine Fehler leisten.

Bei einem Spaziergang, so erzählt man sich, saß am Straßenrand ein junges Mädchen von ungefähr vierzehn Jahren mit knackfrischen Wangen.

Die beiden wechselten ein paar Worte und Anna fand Gefallen an dem jungen Ding. Es hatte so etwas naiv Hausverständiges. Anna fackelte nicht lange, ließ sich von dem Mädchen den Weg zu seinen Eltern zeigen, sprach dort kurz mit dem Vater und nahm das Mädchen anschließend nach Hause mit.

Man könnte auch sagen, sie sah, entschied und handelte.

Mitzi selbst kann man zu dieser Begebenheit leider nicht mehr befragen, denn Mitzi ist tot.

Mitzi konnte man aber auch zu Lebzeiten nicht befragen, denn sie war wie ein Fels in der Brandung. Ihre Loyalität war einzementiert, entweder in ihrem Charakter, oder in der Liebe zu der Familie, bei der sie arbeitete, in der sie lebte.

Recht schnell entwickelte sich *die Mitzi* zum Mädchen für alles und zur einzigen Vertrauensperson der Hausherrin. Nach wenigen Jahren hatte sie die zweite Stelle der Machthierarchie innerhalb des Hauses inne.

Mitzi war eine sehr mütterliche Person, die aber trotz aller ihrer Vorzüge auch nicht mit Heiligenschein auf die Welt gekommen war – obwohl ihr das sicher gefallen hätte. Der liebe Himmelvater nahm einen großen Platz in ihrem Leben ein. Sie kochte hervorragend und ging jeden Sonntag in die Kirche. Sie war Kindermädchen für drei Generationen von Kindern, Haushälterin, Köchin und eine Art Zofe der Matriarchin. Auf jeden Fall besaß sie einen nicht unbeträchtlichen Teil der Macht im Hause, und hatte furchtbare Angst vor Gewittern.

Kündigte sich eines an, eilte sie in den Keller und bastelte sich dort einen provisorischen Altar aus einer Kiste und einem Kruzifix. Den Rosenkranz, den sie bebend betete, bis das Gewitter weitergezogen war, bekräftigte sie nach jeder Strophe mit einem kräftigen Schluck aus der Weinflasche, denn da unten im Keller war das das einzige, was greifbar war, und vom vielen Beten kann man schon einen trockenen Mund bekommen.

Ein besonderes Verhältnis entwickelte sich in den späteren Jahren, als auch die Mitzi eine Familie gründete, was zwangsläufig zu einem Abnabelungsprozess führte, oder führen hätte sollen. Bevor sie aber mit Mann und Kind ein Haus bauen und dorthin ziehen konnte, wurde noch fast zehn Jahre lang im Hause Annas gelebt. Was zu so paradoxen Situationen führte, dass die Mitzi mit ihrem Mann, dem Fritz, in der Leuteküche zu Mittag aß, während der Sohn an Annas Tisch speiste. Denn wie wir noch erfahren werden, ließ sie alle Kinder zu sich kommen.

Die leuchtend roten Wangen behielt sich Mitzi bis ins Alter, und nun bin ich endlich einmal in der glücklichen Lage, auch einen persönlichen Eindruck abgeben zu können: Ich assoziiere sonntägliche Besuche (gleich nach dem Gang auf den Friedhof, denn Mitzi wohnte an der Allee, die dorthin führte) in eine Küche mit segnendem Jesus und königlichen Nusspotitzen. Und ihr

Mann, der Fritz, den ich als sehr überlegt und ruhig in Erinnerung habe, war anscheinend der einzige Mensch auf weiter Flur, der Anna ab und zu widersprach, der es wagte, mit ihr eine Meinungsverschiedenheit anzugehen, man sollte es nicht für möglich halten. Anscheinend hatte der gute Fritz eine ganze Menge am Kasten, was Weinbau und Landwirtschaft anging, was sich mit der Sturheit unserer Gnädigen nur schlecht vertrug.
Sie gab sicher nicht nach. Fritz aber auch nicht, und wenn er Recht hatte, dann stand er auf und ließ sie sitzen. Sonst gab es niemanden, der das wagen durfte, ihn jedoch und seine Fähigkeiten konnte sie nicht entbehren. Außerdem war er einer der wenigen Menschen, denen die Boxer wirklich aufs Wort gehorchten. Also wieder versöhnen, zähneknirschend, dass mussten natürlich die anderen nicht erfahren, dass sie da so gut wie nachgegeben hatte.

Kraftbrühe mit Kaisereiern, Rheinlachs und Gänseleberpastete, Maraschino-Wein und Dunstkuchen, das ist die Speisefolge der Hochzeitstafel Annas. Gegessen wurde mit Silberbesteck vom besten Porzellan. Auf dem Tischtuch waren Annas Initialen zu finden, ebenso wie auf den einfach, aber effektheischend gefalteten Servietten. Auch im Alltag konnte ein feudaleres Leben so oder ähnlich aussehen. Dazu bedarf es auch auf Hochglanz polierter Umgangsformen.
Wer sich nicht respektvoll zu benehmen wusste, oder gar unziemlich gekleidet zum Essen erschien, der wurde des Tisches verwiesen. Sich zu benehmen lernten die Kinder im Hause sofort, und bevor sie *Küss die Hand, Gnädige* sagen konnten, wussten sie bereits, welche Speisenfolge nach welchem Besteck verlangte.
Und bevor der Herr des Hauses nicht am Ende der Tafel saß, wurde nicht gegessen.

Was sich gehörte, was es an gesellschaftlichen Erfordernissen einzuhalten gab, wenn man von der Gesellschaft einverleibt und anerkannt werden wollte: Das Gros des repräsentativen Lebensstiles gewöhnte Anna sich sehr schnell an, der hatte ja nicht nur unangenehme Seiten. Vermutlich war es auch nicht allzu schwer, in Straß repräsentativ zu sein, die Maßstäbe sollten neu bemessen werden: man fällt in einem Markt halt schneller auf, wenn man es darauf anlegt, als beispielsweise in einer Bundeshauptstadt.

Ganz sicher musste sie niemals sparsam sein.

Und als Nächstes sollten die Söhne bei der Erlangung ihrer akademischen Weihen tatkräftigst unterstützt werden. Die Schulen auf dem Weg zum Abschluss hatten sie ja Gott sei Dank erfolgreich gemeistert, nun wurde einer nach dem anderen erwachsen, aber trotzdem nicht aus dem familiären Zusammenhalt entlassen. Eltern wissen immer ganz genau, was sich gehört. Die Wahl war sehr einfach: Jus oder Medizin. Es gab dazu genug Geld und elterlichen Ehrgeiz. Man will ja immer nur das Beste aus den Kindern rausholen, sie nach Kräften fördern, die immer gleiche Geschichte, die sich im Generationenwechsel stetig wiederholt, denn die Eltern werden schon wissen, was sie tun.

Und da hatte Anna schon lange genug Zeit gehabt, um ihr herrisches Gehabe zu einem fixen Bestandteil ihres Images zu machen. *Es wird ja wohl noch so sein, wie ich es sage!*

Anna dachte nie groß darüber nach, was und warum sie etwas tat. Zu philosophieren lag ihr nicht. Sie hatte eine Meinung, die vertrat sie nach Kräften; sie hatte Wünsche, und die wurden durchgesetzt. *Und wenn sie sagte, morgen wird es regnen, dann hat es am nächsten Tag geregnet.*

Sie wusste, was sich gehörte, und sie erweckte niemals den Anschein, dass ihr etwas anderes wichtiger wäre.

Das Haus und die Weingärten in Spielfeld, der Keller und die Presse: Hiervon wurde meistens unter dem Sammelbegriff *der Weingarten* gesprochen. Korrekt lokalisiert hieß und heißt es dort Hochgrassnitzberg. Fast die Hälfte des Jahres verlagerte sich der Mittelpunkt der Arbeit und des Lebens dorthin.

Ab dem Jahre 1914 führt Anna am Grassnitzberg Buch, sie nannte das *Leseaufzeichnungen*, geschrieben in kleine Hefte und Notizbücher, teilweise mit Tinte, teils mit Bleistift; die mit Bleistift geschriebenen Notizen sind schneller verblasst, sie sind zwar noch lesbar, bald aber vielleicht nicht mehr. In einem kleineren Büchlein verziert sie die erste Seite mit zwei getrockneten Kleeblättern, vierblättrig.

In all diesen Aufzeichnungen spiegelt sich die tägliche Arbeit *am Weingarten* wieder. Selten werden darin Gefühle beschrieben.

Sie schreibt nicht vom Gefühl, von dem man ergriffen wird, wenn man oben steht, am *Riegel*, und in den Graben hinunter sieht, die von den Weinstöcken gebildeten Zeilen laufen regelmäßig, manchmal leicht geschwungen, und im Juni hört man nur die Grillen zirpen.

Die tägliche Arbeit am Weingarten, das war: Buttenträger, Presser, Leser und Hilfskräfte organisieren, verköstigen, überwachen und bezahlen. Die tägliche Menge der erledigten Arbeit, im Herbst vor allem die Anzahl der vollen Butten, die in die Presse getragen wurden, markierte Anna durch Unterstreichen und fette Strichführung.

Auch das zubereitete Essen listete sie auf, getrennt in Essen für die Arbeiter und Essen für die Familie.

Die Weingärten unterteilte sie in Gebiete (*beim Deutschmann* oder *im Graben*), dann teilte sie verbrauchten Dünger und Spritzmittel zu, notierte, wenn Reben von

Krankheiten (*Peranospora*, zum Beispiel, oder *Sauerwurm*) befallen worden waren und welche Gegenmaßnahmen einzuleiten wären.

Bei aller Distanz findet sich sehr wohl auch Zwischenmenschliches in den Leseaufzeichungen, wie die fast täglich hereinbrechenden unvorher-, aber gern gesehenen Besuche (*heute Fritzl und Maria, meine Geschwister aus Wien*). Wanderer, Freunde der Familie, Leute aus der Gemeinde, manche schauten nur *auf einen Sprung* herein und mussten dann trotzdem mindestens auf ein Geselchtes bleiben, bevor sie weiterziehen durften, viele blieben bis tief in die Nacht sitzen und traten dann den Heimweg, oder, bei stärkerem Betrunkenheitsgrad, den Weg in das Dachzimmer an, das als Gästezimmer diente: Man betrat es über moribunde Holzstufen und den nicht ausgebauten Dachstuhl, es hatte zwei hübsche kleine Fenster und man sah von dort auf das Presshaus. Ein Privileg, das dem darunter liegenden Speiszimmer vorenthalten blieb, denn dort verhinderte der die Fenster umwuchernde wilde Wein die Aussicht. Das Dachzimmer bot keine Heizgelegenheit und war folglich nur im Sommer bewohnbar, dieser Sommerhauscharakter war Teil seines Charmes. Es war zwar schlicht ausgestattet, glänzte aber mit Details. Das Bett ähnelte einem Himmelbett, man fühlte sich darin wie die sprichwörtliche Prinzessin, noch dazu ohne Erbse. Die Waschgelegenheit bestand aus einer Porzellanlavur auf einem bespiegelten Schminktischchen und einem mit frischem Wasser gefüllten Krug.
Dort oben fühlte man sich sicher, in Ruhe gelassen und doch nicht allein, durch die Fenster drang jeglicher relevante Lärm ein, und jeder, der den Gast besuchen oder stören musste, der hatte erstmal die Holztreppe zu über-

winden und kündigte sich unweigerlich durch das holzige Knarren derselben an. Beleuchtet wurde am Berg bis kurz vor den zweiten Weltkrieg nur mittels Kerzen und Petroleumlampen. Letztere hatten einen ganz eigenen Charme, das Petroleum einen ziemlich starken Eigengeruch, die Flamme konnte man schwächer und stärker drehen und alle diese Lampen rußten furchtbar.

Oh ja, Anna war gesellig, vielleicht war sie irgendwo im Herzen auch ein wenig vergnügungssüchtig, wir wissen es selbst nicht so genau. Die Anna, die gern Besuch empfing, wo immer sie sich aufhielt, die Anna, die bis in die Nacht mit Freunden lachte, trank und Zigaretten mit Spitz rauchte, das war die Anna, die versuchte, dem Leben *trotzdem* etwas abzugewinnen. Wenn die glücklichen Tage nicht mehr kommen würden, dann wenigstens ein paar glückliche Momente.

Jedoch, an manchen Abenden, da wird das alles auch ihr zu viel. Und wenn am Mittwochabend die versammelte Kartenrunde ihres Mannes die heilige Ruhe der Vorratskammer stört, dann kann es schon sein, dass die Gnädige noch einen Gang zulegt in ihrer Bestimmtheit. Und wenn es der Bundeskanzler in Person ist, der da mit dem Messer nach den Selchwürsten schlägt, die von der Decke baumeln, dann wird sie nicht mehr und nicht weniger rigoros sein. *Ich glaub, jetzt ist es Zeit zum Heimgehen.* Und niemand ist ihr böse, denn sie hat ja Recht.

Für die Wasserversorgung am Berg war durch Brunnen gesorgt. Es gab mehrere.
Der Russenbrunnen befindet sich auf halber Wegstrecke den Graben hinunter, er trägt seinen Namen wegen

der russischen Kriegsgefangenen, die ihn ausgehoben haben. Über das zu bearbeitende Land waren ansonsten nur Wasserlöcher verstreut, die oft nicht genug Wasser hergaben, um einen Kübel zu füllen. Sie eigneten sich jedoch zum Durstlöschen für zwischendurch, wenn man vorher die morastfarbenen Kröten aus dem Weg räumte, die es sich darin gemütlich gemacht hatten.

Direkt am Haus hatte man zwei Möglichkeiten, zu Wasser zu kommen. Gleich im Hof, westseitig, gab es einen Ziehbrunnen, in altgrün gehalten, er reagierte erst auf das Pumpen, wenn man zuvor einen Kübel Wasser hineingeleert hatte, lieferte aber nur gesammeltes Regenwasser zum Gießen der Blumen und zum Waschen der Wäsche. Die jeweilige Bedienerin wusch die Wäsche mit der Hand und der Waschrumpel. So nennt sich das Ding, mit dem heute in Retromuseen Musik gemacht werden darf, damit die Kinder sich auch noch was drunter vorstellen können. Weißwäsche wurde zuvor in einem riesigen Topf auf dem immer geheizten Herd in der Küche ausgekocht. Das von vorneherein natürlich entkalkte Regenwasser diente gleichzeitig als Weichspüler.

Fünfzig Schritte vom Haus entfernt, kogel- und wiesenwärts, da stand der richtig große Brunnen, dessen Schacht zweiunddreißig Meter tief ins Grundwasser führte. Niemand wusste, wer diesen Brunnen ausgehoben hatte, er war *schon immer* da gewesen.
Geschützt war er von einem hüttenähnlichen Verbau, erst mit Stroh gedeckt, später mit Schindeln, man konnte durch die Bretter ins Innere sehen, jedoch war der Abstand zwischen ihnen gering genug, um streunenden Kleinkindern den Zutritt zu verwehren. Man konnte den

Brunnen nur betreten, wenn man hochgewachsen genug war, das Schloss zur dazupassenden Türe zu öffnen.

Auf dem Dach drehte ein rostiger, doch funktionstüchtiger Hahn sein Mäntelchen nach dem Wind.

Am Rande des Brunnenschachtes wurde nach einem beiläufigen Blick in die Tiefe der mitgebrachte Kübel am Seil befestigt, gekurbelt wurde von außen.

Dazu diente ein mit vier Holzstreben versehenes Holzrad. Der gefüllte Kübel wurde vom Seil gelöst, die Türe verschlossen und das Rad in der Anfangsposition fixiert. Dann fünfzig Schritte zurück zum Haus. Das war eine der netteren, weil gemächlicheren Arbeiten, die Beschaffung von zehn Liter Trinkwasser.

Gleich neben dem Brunnen befand sich damals wie auch heute noch ein großes Kreuz aus Holz. Geschützt von einem gebogenen Metalldach hing dort ein ewig gemarterter Christus, rund um das Kreuz bewachte ein kleiner Zaun von unbekannter Hand angepflanzte Maiglöckchen und Schwertlilien.

Ein Wegkreuz war dort schon seit Jahrzehnten gewesen: Den Winzern zuliebe, die ja nicht viel hatten außer ihrem Glauben, war es dann kräftig aufgemotzt worden von Anna, sie selbst ging kein einziges Mal daran vorbei, ohne sich zu bekreuzigen, wie würde das denn sonst aussehen.

Von den rundherum gepflanzten Bäumen wuchs und gedieh einzig und allein der Kirschbaum, der auch den Urenkeln noch Schatten und Kirschen spendete.

Die Presser arbeiteten bis in die Nacht hinein, sie bekamen ein Abendessen (sättigendes, ausgiebiges wie Heidensterz oder Gulasch; bei besonders guter Lese oder anderen Ausnahmen wurde auch Tabak ausgegeben) und eine erneute Jause um Mitternacht (Brot, Selchfleisch, Most).

Glücklicherweise schreibt Anna bereits im zweiten Jahr ihrer Aufzeichnungen nicht mehr kurrent, sondern auch für moderne Augen leserlich in lateinischer Schreibschrift. Rechtschreibfehler macht sie selten, ab und zu finden sich Interferenzen aus dem Slowenischen im Satzbau. Der Rest zeugt von schriftsprachlicher Kompetenz.

Eingestreut in strukturierte Tagesabläufe und Listen von Erntemengen, finden sich im wahrsten Sinne des Wortes zwischen den Zeilen persönlichere Betrachtungen, sie selbst betreffend und ihren Tagesablauf. *Am Abend war niemand hier. Ich sitze im Mondschein im Dirndlkostüm heraussen und höre von ferne Gesang.*

Die Anzahl der vollen Butten, die Menge der täglichen Lese, trug sie immer erst des Abends ein.

An einigen Stellen hat sie darauf vergessen, die Leerstellen im Text deuten darauf hin, dass sie tagsüber geschrieben hat, bevor das Endresultat der Lese feststand und am Abend vielleicht keine Zeit dazu fand.

Die Winzer waren Analphabeten, schlicht zu arm, um in den Genuss von Bildung zu gelangen, und den Rest erledigten Inzucht und Alkohol. Ihre Armut führte auch dazu, dass sie in bitteren Zeiten tagelang nichts anderes aßen als die paar Eier von den paar Hendln, die sich in Freilandhaltung die Federn um die Ohren schlugen.

Zur besseren Bekömmlichkeit tranken sie dazu ein Achterl Heckenklescher, das sagenumwobene Destillat, das mindestens blind und auf jeden Fall impotent machen soll.

Eine Gemeinsamkeit zwischen den Winzern und ihren Dienstgebern war es, dass Alkoholismus nicht existierte, weil es der betreffenden Bezeichnung ermangelte. Das war ein steirisches Phänomen und ist es auch heute noch, die Ärzte in Feldbach wissen genauso davon zu berichten wie die in Deutschlandsberg. Die Frage trinken *sie Alkohol*? wird stets verneint, fragt man *aber Most schon?*, wird zustimmend *ja Most schon, aber das ist ja kein Alkohol!* geantwortet. Most wird und wurde getrunken wie Apfelsaft und die Winzer erhielten ihn krügeweise, aber erst nach dem Schnaps um sieben in der Früh, der sie motivierter und mit einem warmen Gefühl im Bauch in den Weingarten steigen ließ.

Um halb neun dann gab es Brot und Most, um halb zwölf das Mittagessen mit Most oder Wein und die Nachmittagsjause unterschied sich nicht wesentlich vom Vormittagsimbiss, die größte Freude waren ein paar Dosen Ölsardinen und dazu Semmeln, die manchmal auf den Berg getragen wurden. Sämtliche Getränke wurden in Krügen serviert und den Arbeitern in die Hänge nachgebracht, um ihren Arbeitsfluss nicht zu bremsen.
Die Winzerinnen trugen weiße Kopftücher beim Lesen, um sich ein wenig gegen die direkte Sonneneinstrahlung zu schützen. Ihre Kinder halfen bei der Arbeit, sobald sie stehen und ein bisschen was heben konnten, dann gingen sie mit den Krügen den ganzen Tag zwischen Haus und Weingarten hin und her und brachten den Arbeitern zu trinken. Die geleerten Krüge wurden sofort wieder nachgefüllt, und je weiter die Arbeiter vom Hof weg waren, desto weiter wurde auch der zu gehende Weg. Ein Krug fasste bis zu fünfzehn Liter, und das Material, gebrannter Ton, machte ihn auch im geleerten Zustand nicht gerade leicht. So passierte es, dass ab

und zu ein betrunkenes Winzerkind zwischen den Zeilen gefunden wurde.

Die steilen Hänge haben es in sich, die steilen Hänge liefern den besten Wein. Wir sprechen hier von einem Neigungswinkel von fünfzehn bis dreißig Grad. Bei einer derartigen Neigung ist eine gleichmäßige Erwärmung durch die Sonne garantiert, und natürlich durch eine Ausrichtung nach Süden. Was da alles an komplizierten Zusammenhängen bedacht werden muss, merkt man erst, wenn man sich schnell einmal einen Weingarten anlegen will.

Der Boden, auf dem dieser beste aller Weine wächst, besteht aus Muschelkalk, er ist mehrere Millionen Jahre alt. Wenn auf diesem Boden ein neuer Weingarten angelegt wird, ist eine der ersten Arbeiten, aus der frisch und tief umgegrabenen, rigolten Erde die groben und großen Steine zu klauben. Frauen- und Kinderarbeit ist das, sie sammeln die Steine und werfen oder tragen sie auf Haufen, die von den Männern dann abgeholt werden. Das ist Arbeit wie jede andere auch, deswegen haben sie keine Augen für die fossilen Muscheln, für die Abdrücke der Seesterne und die versteinerten Korallen, die da durch ihre Hände auf die Geröllanhäufungen wandern. Nur den Kindern fällt das manches Mal auf, doch die sind zu müde, um Fragen zu stellen.
Sie würden ihnen ohnehin nicht beantwortet werden.
Riesling, Traminer, Morillon und Muskatsylvaner sind die Sorten, die hier wachsen.
Bei starken Regenfällen muss ein Arbeitstag oft vorzeitig beendet werden, weil die arbeitenden Menschen nicht genügend Standfestigkeit aufbringen können, für den *Riegel*, vor allem bei der Lese, mit einer vollen But-

te auf dem Rücken rutscht man allzu leicht aus, und schade ist es um die Trauben, so schade.

Das Ernten, das Lesen der Trauben ist eine Angelegenheit von hohem Heiligkeitskoeffizienten.

Es werden niemals alle Trauben auf einmal gelesen. Um den richtigen Reifegrad der jeweiligen Trauben zu erwischen, werden die Zeilen mehrmals abgegrast, an verschiedenen Tagen. Da offenbart sich der Hasardeur im Weinbauer oder in der Weinbäuerin. Erntet man vor der Zeit, mangelt es den Trauben am optimalen Zuckergrad und ihr Bukett ist noch nicht voll entwickelt. Wartet man zu lange, verbreitet die nach vollendeter Reifung einsetzende Fäulnis sich zu schnell oder das Wetter schlägt unerwartet um, der Regen erschwert die Lese oder nicht vorhersehbarer Frost zerstört einen Teil der Ernte. Dann natürlich die ganzen Feinheiten, die es zu beachten gilt: beabsichtigte Edelfäule, oder der Zeitpunkt der Spätlese und dergleichen.

Wo Anna regiert, ziehen sich Lese und Presse über einen Zeitraum von vierzehn Tagen. Beide Arbeitsgänge greifen ineinander über, am Tag wird gelesen, bis in die späte Nacht hinein wird gepresst, die letzte Schicht Trauben liegt bis zum Morgen unter dem Pressbaum.

Der Pressbaum ist Bestandteil einer Baumpresse, wie man sie als Dekorationsversatzstück der südsteirischen Weinstraße heute gut kennt. Er verleiht der ganzen Sache Gewicht, der Presse als Einrichtung, wie auch dem Pressvorgang im wörtlichen Sinn.

Am Grassnitzberg wurde das Presshaus der Presse angepasst, es wurde um sie herum aufgebaut. Sie ist riesig. Betritt man das Gebäude, direkt hereinkommend aus einem sonnigen Herbsttag, dann müssen sich die

Augen erst einmal an das Drumherum gewöhnen, denn in der Presse ist es eher dunkel. Aber nicht finster, und auch nicht kalt.

Gerade richtig ist es. Zur linken Hand befindet sich das *Giftkammerl*, ein kleiner, meist verschlossener Raum mit Schwefelblättchen, Düngemittel in offenen Säcken, Kalidungsalz und Thomasmehl für die Herbsthaue, weiter hinten Kupfervitriol zum Imprägnieren der Rebpfähle. Die hölzernen Regale tragen eine feine grünliche Staubschicht, Kinder haben keinen Zutritt und überall warnen Gefahrenzeichen und Vorsicht-ätzend-Symbole.

An das Giftkammerl anschließend und den Raum völlig dominierend folgt der Pressbau.

Er besteht aus dem Pressboden, auf dem gepresst wird und von dem der frische Traubensaft direkt in die Fässer abrinnt. Die gerebelten, also entstielten und von holzigen Teilen befreiten Trauben werden dazu in den Presskorb geschüttet, immer eine handbreit Trauben, darüber legt man überkreuzte Holzmatten, bis der Korb ganz voll ist, obendrauf kommt der Deckel und schwere Holzbohlen aus Eiche.

Der Pressbaum hat eine Länge von mehr als sieben Metern. Er ist verbunden mit einem Betonrad, groß und breit wie ein Mühlstein, und eigentlich ist es ja auch ein solcher.

Hier werden Trauben gemahlen, ein staubfreier und saftiger Vorgang. Den Stein kann man dreißig bis vierzig Zentimeter in die Höhe drehen und wenn er Kraft seines Gewichtes wieder am Boden ist, dann wird *ein Stock* gemacht, so nennt man das, die folgenden Stöcke werden länger dauern, denn die Trauben geben zusehends weniger her. Was überbleibt, das Gemisch aus Kernen und allem Unpressbaren, sind die Trester.

Aus ihnen könnte man eventuell noch Branntwein machen, wenn die Steuern nicht so hoch wären, aber vielleicht ausnahmsweise schwarz? Es wurden schon ganz andere honorige Bauern beim Schwarzbrennen erwischt.

In der Lese- und Presszeit, in den Zeiten höchster Produktivität, wenn die Arbeit eines Jahres endlich in Fässer abgefüllt wird, arbeiten zwanzig Leute oder mehr nur an der Herstellung des Weines. Sechzehn bis achtzehn Tage lang wird tagsüber gelesen und in der Nacht gepresst.
Der Traubensaft, der direkt in die Fässer abrinnt, führt uns zu selbigem in den Keller. Es ist der beste Keller weit und breit, dunkelmodrig ist er und ein bisschen unheimlich. Wer die aus Stein gehauenen Stufen in die Tiefe steigt, muss eine brennende Kerze mitnehmen. Wenn die Flamme erloschen ist, sollte man sich bemühen, schnell wieder an die frische Luft zu gelangen. Vier große Fässer stehen links an die Wand gereiht, zwölf Halben-Fässer in der Mitte, ein jedes fasst dreihundert Liter. Ein paar Wochen nach der Lese wird der erste Wein händisch abgepumpt und in Transportfässer umgeleitet, nach Straß gebracht und dann in Flaschen gefüllt.

Viele der Fragen, die ich stelle, muss ich mir selbst beantworten. Auf manches wird sich keine Antwort mehr finden lassen. Auf manches würde man auch keine befriedigenden Antworten bekommen, wenn die Betroffenen noch lebten.

Wie soll ich meiner Urgrossmutter noch näher kommen? Ich stülpe sie von innen nach außen, ich protokolliere ihr

Aussehen und Innenleben. So wie ich sie vor mir sehe, ist sie neunundzwanzig und ihr Körper ist noch schlank. Püppchen ist sie keines, sie war nie ein Püppchen und grundlos stolz darauf. Zum Arbeitstier prädestiniert im schlechtesten Fall, zur Dickhäutigkeit im besten.

Meine Urgrossmutter nackt. Ihre Brüste sind groß, nicht zu groß, leicht hängend, doch appetitlich noch. Einen kleinen, leicht erschlafften Bauch hat sie, und Taille. Ihre Hüften sind es, die ihr den Eindruck von Stämmigkeit verleihen, aber der Eindruck trügt. Die Körperbehaarung ist durchschnittlich. Kleine Füße hat sie und eher männlich wirkende Hände. Ihre Finger bringen ein bisschen das Gesamtbild durcheinander mit ihrer Wurstigkeit.

Das Gesicht ist rundlich, die rechte Augenbraue ist leicht hochgezogen, das wird sich im Laufe der Jahre noch zu ihrem Markenzeichen entwickeln.

Aber sie lächelt leicht, wie sie da so vor mir steht. Ihr Gesichtsausdruck, als hätte sie sich den ausschlaggebenden Hauch von weiblichem Sanftblick erst antrainieren müssen.

Katalogisieren des Gesichtsausdrucks. Finden eigener Züge in nie gesehenen.

Ihre Haare haben einen Rotstich, sie sind dünn, aber voll, und wenn die Sonne scheint, dann ist es wie Feuer und Funkenschlag.

Infolge des starken Hagelschlages welcher am dritten August niederging und gerade in unserem Weingarten so schweren Schaden anrichtete, und wir jetzt noch dazu drei Wochen hindurch immer Regen hatten, musste ich unterklauben. Vom Muskatsylvaner musste ich fast alles nehmen. Ich bin den ganzen Weingarten durchgegangen, es war traurig anzusehen. Überall zerfetztes Laub und Trauben welche sich nicht recht erholen können weil an den Blättern der Saft fehlt.

Dieser Tagebucheintrag wurde von einer pflichtbewussten Frau verfasst, das Pflichtbewusstsein schimmert durch die Zeilen, aber auch ein bisschen die persönliche Betroffenheit, wenn nicht alles so klappt, wie man sich das vorgestellt hatte.

Eine gewisse Härte dieser Frau haben wir schon festgestellt, gegen sich und andere, und den Willen zur Macht, schon wieder so eine Phrase. Ihre besten Jahre sind die, in denen alles ihren Vorstellungen folgt. Erst als ihre Söhne erwachsen sind, beginnen sich mit deren eigenen Leben die Dinge, so sehr sie sich auch dagegen wehrt, aus ihrem Einflussbereich zu entwickeln. Doch zuvor sind ihre glücklichsten Momente die, in denen sie gegen jeglichen Widerstand von außen ihre Vorstellungen umgesetzt und damit Erfolg hat.

Im täglichen Leben ist sie ausgefüllt. Sie hat wenig Zeit, sich Sorgen zu machen, und melancholische Anwandlungen sind ihr fremd. Depressionen kennt sie nicht, sagt sie, und meint das im Sinne von: Depressionen sind nur was für schwache Menschen, starke Frauen haben keine Zeit dazu.

Sie bewirtschaftet, zwar nicht allein, doch mit alleiniger Verantwortung, einen riesigen Weingarten mit allem was dazugehört, also Obst- und Gemüseflächen, Presse und Keller.

Alles in allem dürfte das Ried Hochgrassnitzberg so an die zehn Hektar haben.

Da sind ihre Helfer und die Winzer, sie erwähnt sie mal mehr, mal weniger, aber sich um all diese Menschen mitzukümmern, unterliegt ebenfalls ihren Aufgaben. Es liegt ihr.

Das Verwalten der Gegebenheiten liegt Anna.

In ihren Notizen herrscht stets ein gewisser Grundtenor an Zufriedenheit. Krankheiten, Schlechtwetter und

Krieg sind alles nur Übel, mit denen sie auch noch fertig werden wird, wenn sie sich nur genügend anstrengt.

Sie hat das Gefühl wichtig zu sein, wenn sie, wie so oft, am späten Abend nach Straß marschiert, keine kurze Strecke, fünf bis sechs Kilometer. Trifft sie Leute auf der Straße, bleiben diese stehen und ziehen, falls vorhanden, den Hut, *küss die Hand, gnädige Frau.*

Die Herbsttage an der Weinstraße sind unvorstellbar für jene, die sie noch nicht erlebt haben. Für die Menschen, die mit dem Wein arbeiten, von und mit dem Wein leben, ist der Herbst die Zeit der intensivsten Arbeit. Das Klischee vom mit der Natur leben und mit der Natur arbeiten, es fährt voll ein.

Im Oktober jedenfalls scheint eine gänzlich andere Sonne, sie gerbt die Blätter wie ein paar Monate zuvor die Haut der *draußen* Arbeitenden.

Für die, die da nicht in den Weingärten ihr Soll erfüllen müssen, gibt es nichts Schöneres als im Herbst geblendet zu werden.

Nichts Schöneres als keine Worte zu finden und keine mehr zu brauchen.

Und dann fragen sie mich immer. Wer schreibt denn über seine eigene Urgroßmutter.

Wen interessiert denn das außer ein paar Eingeweihten, wem zu Ehren tust du dir das an.

Wo ist die Prämisse, der Plot, die Crimeline, ist es spannend? Gibt es eine Moral am Ende der Geschichte oder einen erhobenen Zeigefinger?

Ich soll unbedingt ein bisschen mehr Form finden, aussagekräftigere Stilmittel, den literarischen Kontext nicht außer Acht lassen; kannst du nicht *was Ordentliches* schreiben? Oder überhaupt *ordentlich* schreiben? So war das nicht, das war alles ganz anders, und du musst den Text ausschmücken, das Leben allein ist eine zu

fade Geschichte, damit haben wir selbst genug zu tun. Und ich sage nichts, denn auf diese Fragen gibt es keine Antworten. Nur dass ich nicht weiterschreiben kann mit diesem Ballast an zu Schreibendem.
Dass diese Geschichte mir den Kopf belegt, bis sie auf dem Papier liegt.
Und was willst du eigentlich sagen?
Nichts Besonderes. Nur, dass man seine Zeit nützen soll.
Mhm, sagen sie.
Dann gehen sie weiter und machen die gleichen Fehler wie zuvor.

Guten Morgen. Irgendwer sagt *Sonnenaufgang* wie im Film *Die Truman Show* und die Sonne geht auf. Sie wird munter. Es kräht kein Hahn, denn einen solchen gibt es nicht am Grassnitzberg, aber irgendwo hat ein Hund gebellt, oder vielleicht hat sie nur das einfallende Tageslicht geweckt. Sie steht zügig auf, es ist keine ihrer Angewohnheiten, noch ein, zwei Minuten im schlafwarmen Bett zu verweilen.
Müßiggang ist aller Laster Anfang und so, im Speiszimmer hat sie ein paar dementsprechende Sinnsprruchträger hängen. *Begrüsse froh den Morgen/ der Müh und Arbeit gibt/ es ist so schön zu sorgen/ für Menschen die man liebt.*

Sie liebt ihre Kinder, sie liebt ihren Mann, und sie wird von ihnen gebraucht, das ist gut.
Weil alle auf sie zählen, muss die Liebe manchmal ein bisschen zurückstehen. Es gehört sich für eine Familie der oberen Bürgerschicht, dass die Kinder in eine höhere Schule gehen. Die nächste höhere Schule ist zu weit weg, die Kinder bleiben dort unter der Woche

im Internat. Natürlich fehlen sie ihr, die Burschen, und besonders beim kleinsten, beim Harald, ist ihr fast das Herz gebrochen, als er weg musste. Aber nur fast, und ein paar Tage später war bereits alles wieder ganz normal. Und wer weiß, ob die Kinder nicht gar zu sehr *verzartelt* werden, wenn sie zu lange zuhause der Mama am Rockzipfel hängen. Irgendwann ist die Zeit der sentimentalen Muttergefühle halt vorbei, und so hat sie wenigstens wieder mehr Zeit zum Arbeiten, voll einsatzfähig zu sein. Wenn sie nicht mit Leib und Seele hinter allem und jedem her ist, geht der gesamte Betrieb den Bach runter. Und voriges Jahr war so eine schlechte Ernte.

Vorhänge (grün) zurückziehen, Balken (grün) aufmachen, einmal tief einatmen die noch sehr kalte Luft. Es riecht nach tauigem Moos und Laub, das sich in den Kreislauf einfügt. Es riecht nach Asche zu Asche und Staub zu Staub, aber daran denkt sie jetzt nicht.

Das ständige Denken ans Sterben und nach dem Sterben und um das Sterben herum, das kommt erst später. Sie wäscht sich in einer Porzellanschüssel, der Krug Wasser steht schon seit dem Vorabend da, das Wasser ist zimmerwarm und weich.

Sie betrachtet sich lange im Spiegel, so lange, wie sie es gerade mit ihrem Gewissen vereinbaren kann, wertvolle Zeit für Eitelkeit zu vergeuden. Die widerborstigen Haare steckt sie hinten hoch, ein Haarnetz kommt noch darüber, sie mag es nicht, wenn ihr die Haare ins Gesicht hängen und noch weniger, wenn sie durch den Schweiß und Küchendunst eines Arbeitstages vorzeitig ölig werden.

Sie ist furchtbar eitel, doch gesteht sie sich das nicht ein. Vom sichtbaren sich Herausputzen mancher Frauen ihres Bekanntenkreises hält sie vorgeblich gar nichts. Sie verschönert sich immer in einer Art und Weise, die schon genaues Hinschauen verlangt. Wenn man sehr genau hinsieht, sieht man die gefärbten Haare und den mattierten Teint. Es stehen ihr Unmengen an Kosmetiktiegerln und Puderquasten zur Verfügung, egal, wo sie sich gerade aufhält. Morgentoilette wie man sie aus alten Filmen kennt.

Von allen drei Schwestern war sie immer das süße Annerl. Da gab es noch eine kluge, aber zuviel Klugheit braucht man nicht, um durchs Leben zu kommen, und dann gab es noch die richtig schöne, aber richtige Schönheit verwelkt gar so schnell.

Das wird ein ganz normaler Arbeitstag, Besuch erwartet sie keinen, also Arbeitsschürze. Die Schürze ist schwarz, sie bindet sich die Schnüre einmal um den Bauch und vorne zusammen. Ihr Bauch ist stattlich, aber nicht auffallend, er ist halt da und sie fühlt sich ganz wohl mit ihm. Sie hat sich an ihn gewöhnt, er ist nicht zu groß und nicht zu klein, und manchmal hat sie das Gefühl, er ist so eine Art Stütze. Unter der Schürze trägt sie so genanntes *schönes* Gewand. Egal, ob Arbeits-, Sonn- oder Festtag, man erwartet von ihr zu jeder Zeit schönes Gewand, und nie würde sie sich in schlampigerem Zustand zeigen. Nur Schmuck trägt sie keinen an den Arbeitstagen, auch nicht ihre Lieblingsohrringe, die aus drei vertikal gereihten Perlen bestehen.

Es wird gefrühstückt am Grassnitzberg. Meistens nimmt sie ihr Frühstück leutselig in der Küche ein, nein, sie ist und isst nicht gern allein, ein großer schwerer Herd steht da, in dem stets von irgendwem Holz nachgelegt

und für Feuer gesorgt wird. Auf jeden Fall gibt es zum Frühstück weich gekochte Eier und Kaffee, Butter und von der Mitzi eingekochte Kirschenmarmelade. Die Küche hat zwei Fenster, die Vorhänge sind mit Stillleben verziert. Rotbackige Äpfel und anderer Kitsch gedruckt auf hellem, schwerem Leinen. Dann gibt es die Kredenz, in der Teller, Großmutterhäferl und anderes Alletagegeschirr aufbewahrt werden. Die Jausenbretter befinden sich in der Lade, und überhaupt ist alles darauf ausgerichtet, einem Ansturm von schwitzenden Arbeitern mit wenig Zeit für Umgangsformen standzuhalten. Das komplette Gegenteil zur Küche befindet sich nebenan, aus der Küche tritt man ins Vorhaus, das die Sommermonate hindurch von nistenden Schwalben belebt wird, die durch eine kaputte Fensterscheibe einmal Zugang fanden und seitdem jedes Jahr wiederkehren, dann gleich links.
Hier ist das Prachtstück des Hauses am Grassnitzberg, das Speiszimmer.

Das Speiszimmer ist geräumig, wirkt noch größer durch einen Tisch, den man, wenn man möchte, ruhig als Tafel bezeichnen kann und an dem, so will es eine Familienlegende, schon der Kaiser gegessen hat, als er einmal die Kaserne besucht hat in Straß. Und überhaupt: Hoch lebe unser Kaiser! Der ganze Raum ist mit einer Holzvertäfelung verkleidet, das Holz hat die Farbe von getrockneten Maiskörnern, die noch nicht vom Kolben gelöst worden sind; ein fettes, tiefbraunes Gold.
Zehn Fenster hat das Speiszimmer, vier davon gehen hinaus in den Blumengarten und wilde Reben ranken sich ungefragt darum, sodass im Sommer ein zauberhaftes Licht das Zimmer beherrscht, die einfallenden Sonnenstrahlen richten keinen Schaden am Auge an.

Man muss sich nicht schützen durch Vorhänge oder Balken, die beblätterten Reben sorgen dafür.

Ein riesiger Teppich kleidet den Boden des Zimmers aus, darauf dominiert der Tisch.
Die Sessel sind in altdeutschem Stil gehalten, handgedrechselt aus dunklem Holz. Die Lehnen wären viel zu hoch für ein Kind. Sitz- und Rückenflächen aus Rohrgeflecht. Dieses Zimmer ist der Stützpunkt der Herrschaften am Weingarten. Hier wird immer fein aufgedeckt und fein gegessen aus Zwiebelmustertellern und geschliffenen Kristallgläsern.
Gleichzeitig dient das Speiszimmer als kleines Büro, irgendwo muss ja auch korrespondiert und buchgehalten werden. Im massigen Schreibtisch sind aber nicht nur Rechnungen und großformatige Soll-Haben-Bücher (Anna macht auch die Buchhaltung selbst), in einer Lade auf der linken Seite befinden sich auch die bereits erwähnten Spielkarten für lange Nächte allein oder in Gesellschaft. Auf dem Tisch ein schweres silbernes Tintenfass mit Federkiel, ein Briefbeschwerer, ebenfalls aus Silber und schwarzem Marmor und eine dazupassende Walze, zum Beseitigen überschüssiger Tinte: Man legt ein Löschpapier auf das frisch Geschriebene und walzt darüber.
In der Speis ist Mäusedreck aufgetaucht, hat die Mitzi gestern gesagt. Also alles ausräumen, Mehl, Gries, Sterz, Kartoffeln, und den kleinen Raum durchputzen. Die Mausefallen sind aus Holz und werden mit kleinen Stücken vom billigsten Schweinespeck bestückt. Die Feder wird gespannt und die Falle wird sachte auf den groben Holzboden niedergelassen. Da sind die Winzer auch schon mit der Morgenjause fertig und warten auf Anweisungen, den Tag betreffend. Sie müsste selbst wieder

einmal durch den Weingarten gehen, am besten dann, wenn die Leute bereits vertieft sind in ihr Handwerk. Dann kann sie einerseits nach dem Zustand der Reben sehen und andererseits ein Auge auf die Arbeiter werfen. Wenn die sich zu lange unbeobachtet fühlen, bricht gleich wieder der Hallodri aus, und wer will das schon. Grundsätzlich sind die Leute eh brave Arbeiter. Und es gibt immer ein paar, die mit Umsicht walten und werken, die sich ungefragt verantwortlich fühlen für das Gesamtwerk.

Gegen Mittag muss sie der Mitzi beim Kochen helfen. Und die Sonne scheint, heute wird

ein prachtvoller Tag. Zu Mittag hatten die Leute Brotsuppe, Schmarren und Erdäpfelsalat. Carl und ich untersuchten den gesamten Weingarten. Es war sehr viel faul und wir mussten beginnen, den Mosler zu lesen. Aus Straß habe ich eine Kuh mitgebracht, damit ich nicht zu den Winzern um Milch betteln gehen muss.

Dinge, die von außen kommen.

Der erste der Weltkriege geht fast spurlos an der gesamten Familie vorbei.

Er manifestiert sich bloß in wieder einmal vermehrter Arbeit. Ab und an erscheint in Annas Aufzeichnungen ein Name, ein unbekannter Mensch, der andernorts eingezogen wird oder wegen Verletzung gerade auf Heimaturlaub ist, und, im Idealfall, dann am Weingarten mithilft. Es gibt keine Todesfälle, dafür jede Menge Auszeichnungen. Annas Bruder klettert recht hoch auf der militärischen Karriereleiter, er dient als eine Art Feigenblatt, denn mit dem Verteidigen des Vaterlandes an der echt blutigen Front hat es die restliche Familie nicht so, man entkommt der Uniform mit dem Verrichten kriegswichtiger Tätigkeiten, man ist stets unabkömmlich. Die Fleischversorgung der Steiermark gehört zu diesen Aufgaben, die Versorgung einiger Bezirke mit Kohle und anderem. Mangel gibt es keinen im Wirkungsbereich der Familie. Die Ernte ist jedes Jahr gut. Eigentlich geht es immer recht lustig her zur Leszeit.

Alles Dunkle dräut rundherum oder weit weg, berührt nicht das erfolgreiche und beliebte junge Paar in der besten Zeit seines Lebens. Alles blüht: das Gut, die Kinder. Auf Fotos blicken sie in kurzen Lederhosen und kniehohen Wollstrümpfen finster in die Kamera, doch sichtlich finster, nur weil es die Situation des fotografiert Werdens so will. Ganz der Papa, das störrische Kinn und die Stirnfalten, in Wirklichkeit wollen die Kinderbeine laufen, rennen, die Hügel auf und ab, den Waldweg entlang und auf den Kogel. Der Kogel ist als solcher am ehesten noch für ein Kind wahrnehmbar, eine sanfte Steigung und den Blick ins ganze Tal, das ist, was er zu bieten hat.

Als der Krieg vorüber ist, werden die Reste der K.u.K.-Monarchie auf endlosen Zügen durch Spielfeld befördert. Im Herbst desselben Jahres kommt alles noch einmal ganz anders und die ganze Ortschaft wird von serbischen Soldaten besetzt, später kommt ein Bataillon Slowenen. Der gesamte Ort wird amtlich Spilje genannt und in der Pfarrchronik heißt es lapidar, dass sich *die Bevölkerung sehr stark dem Schmuggel ergebe*. Wie auch andernorts bleibt die Grenze eine offene Wunde, die Besatzung oder Besetzung durch die Jugoslawen ist erschreckend für die Bevölkerung, sie findet sich plötzlich an einer aktuellen Stelle im Weltgeschehen, auf die sie bis zu diesem Zeitpunkt gut verzichten hatte können.

Als der zweite Weltkrieg ausbricht, ist irgendwie alles schon ganz anders. Ein Sohn ist zu diesem Zeitpunkt bereits tot und das Leben viel gefährlicher. Der Bruder Annas, der im ersten Weltkrieg noch so viele Auszeichnungen heimgebracht hatte, erschießt sich kurz vorm Anschluss, weil er die Nationalsozialisten fürchtet. Vielleicht verhindert das einen unkritischen Lagerwechsel, dass sich Anna und Mann unkritisch dem System anschließen.

Sie bleiben, so gut es geht, bürgerlich. Bürgermeister wird ab 1939 jedenfalls ein anderer, der aus seinem Amt komplimentierte Carl bekommt zum Abschied eine Hitlerbüste überreicht, die Jugendgruppe singt *Nur der Freiheit gehört unser Leben.*

Die anderen Söhne sind sehr wohl treudeutsch, ernste Verfechter einer großdeutschen Idee und sehr willig den hitlerschen Theorien gegenüber. Nur der familiäre Zusammenhalt rettet vor ärgeren Problemen. Diskutieren wird man ja wohl noch dürfen.

An die Front muss, wie auch schon im ersten Weltkrieg, keiner, auch in diesem Fall sind glücklicherweise die Pflichten fürs Vaterland zu groß.

Trotz aller innerfamiliärer Spannungen gerät man nie wirklich in Bedrängnis, hält sich mit einer Unmenge von Kontakten, Bünden, Freundschaften irgendwie stromlinienangepasst. Vielleicht hat ja auch der Wein eine Rolle gespielt. Bei den diversen Umtrünken, um nicht zu sagen Besäufnissen, gilt Anna als unglaublich trinkfest *für eine Frau.*

Bis zum Ende des Krieges läuft alles mehr oder minder normal. Die Arbeit wird getan, wie in Friedenszeiten, nur: wie viele andere Frauen ist auch Anna auf sich allein gestellt, und in Kriegszeiten allein auf dem Berg zu sein, wo rundherum die Grenzen brodeln, das hat schon was Beängstigendes. In ihren Notizen wünscht sie sich bereits ein schnelles Ende der politischen Wirrwarren, da ist der Krieg noch gar nicht erklärt. Dass die arbeitenden Männer nun alle an der Front sind, das macht, ganz pragmatisch, dem Betrieb am meisten zu schaffen. Doch es läuft. Wie überall sonst, läuft es auch hier. Und obwohl Militärvorposten an die grenznahen Weingärten abkommandiert werden, die fehlenden Arbeitskräfte durch zugeteilte Kriegsgefangene ersetzt werden und Verdunklungszwang besteht, merkt man hier, am Berg, im Gegensatz zu vielen anderen Gebieten im Lande, lange Zeit nichts vom *richtigen* Krieg.

Probleme machen eher die aufeinander folgenden harten Winter und die daraus resultierenden Schäden in den Weingärten. Sperone treiben nicht aus, die Stöcke gehen ein. Die Reben frieren einfach ab.
Die Zuckergrade der Trauben sind im Keller, was für eine Metapher. Ein Sommer voller Regen tut sein übriges. Die Arbeitslöhne, also zumindest die Löhne, die an normale Arbeiter bezahlt werden, die Gefangenen werden ja mit Kost und Unterkunft entlohnt, steigen auf das Doppelte an, während die Weinpreise sinken.
Die miserable Wetterlage findet so wenig ein Ende wie das Geschehen an der Front, an den Fronten.
Die Weinlesen verlieren ihren feierlichen Charakter.
Schön und fröhlich verbrachte Weinlesetage werden nicht mehr kommen, die Zeiten haben sich gewaltig verändert und mit ihnen die Menschen.
Jahr für Jahr miserable Ernten.
Für dieses Leseergebnis fehlen mir die Worte, notiert sie, ein Jahr später zur gleichen Zeit *diese schäbige Lese musste ich beenden.*
Zu den anhaltenden Winterfrösten und den viel zu reg-

nerischen Sommertagen kommt mehrmals starker Hagel. Immer wieder werden die Reben, kaum dass sie sich ein bisschen erholt und ausgetrieben haben, im Ansatz zerstört.

Es passt alles zusammen: die schaurige Zeit und die traurige Lese.

Als der Krieg sich dem Ende zuneigt, wird auch aus der Bahn geworfen, was bis dahin noch eine geregelte Bahn einzuhalten in der Lage war. Das die-menschliche-Existenz-bis-an-den-Rande-des-Wahnsinns-Treiben bricht auch in bis dahin verschonte Kreise ein.

Bomben überfliegen das zwischen den beiden Abwurfszielen Graz und Marburg liegende Gebiet. Die Christbäume, die man eines Abends von der Marburger Gegend her leuchten sieht, werden in ihrem Schrecken abgelöst durch ganz reale, viermotorige amerikanische Bomber, B-24 Liberator, die den bisher ruhigen Süden überfliegen.

Der Bahnhof in Spielfeld, strategisch gesehen ein wichtiger Verkehrsknotenpunkt, wird Ziel eines Abwurfes. Die acht Bomben finden ihr Ziel nicht, gehen daneben und landen auf der zum Familienbesitz gehörenden Grieswiese. *Riesengrosse Krater, wäre Straß getroffen worden, wäre der halbe Ort hin.*

Dieser Schrecken, der Schrecken des plötzlichen involviert Seins in einen bisher so weit entfernten Krieg, währt zum Glück nur sehr kurz.

Und wieder einmal hat sie Recht behalten, die Nazis haben verloren. So schnell, dass gar kein Zweifel daran aufkeimen kann, wer das Haus durch die schweren Zeiten führte, nimmt sie ihre beste Rolle als Oberhaupt wieder ein. Sie dirigiert und sie versorgt. Sie hilft, weil es selbstverständlich ist, und sie ist gnadenlos, wenn von ihr erwartete Leistungen nicht eingebracht werden, weil auch das selbstverständlich zu sein hat.

Die einfallenden Soldaten sehen sich einer unangefochtenen Autoritätsperson ausgesetzt. Plötzlich entsinnt sich Anna ihrer Wurzeln und spricht perfekt lange verdrängtes Slowenisch. Außerdem kommt ihr ein weiteres Mal ihre angebliche Trinkfestigkeit zugute. Und beides zeigt seine Wirkung.

Die ach so kleine Frau setzt sich zwischen die vom Krieg verwüsteten und gehärteten Männer und trinkt sie langsam aber stetig unter den Tisch. In Wahrheit schenkt ihr die Mitzi immer Tee nach, wenn alle anderen schon ein bisschen benebelt sind. Der Wein hatte damals eine kräftigere Farbe, wie Lindenblütentee, keiner hat was gemerkt. Am nächsten Morgen, nach einem kräftigen Frühstück, ziehen die Männer ab und unterlassen die üblichen Plünderungen. So passiert das einige Male. Keine Angst vor Tod und Teufel, die Frau.

Heute Nacht habe ich das erste Mal davon geträumt. Eigentlich ist das ein gutes Zeichen, doch in fremden Büchern überlese ich die meiner Meinung nach unnötigen, und nur dem platzfüllenden Verbrauch von Papier dienenden Traumsequenzen, deren tiefere Bedeutung kein Schwein versteht, bringt er auch noch so viel guten Interpretationswillen mit.

Keine Angst, mein Traum war auch gar nicht mit viel Weichzeichner sinnverwirrend zugekleistert. In meinem Traum überquere ich einen weglosen Abhang, an dem in absehbarer Zeit die Weingärten sein würden. Es ist der Abhang, an dem sich zu meiner Zeit der Russenbrunnen befand. Jetzt ist der Boden, den ich betrete, nur Wiese. Kalkweiße Steine schimmern durch das Gras. Ich hab geträumt, dass ich sie bin. Ich betrachte den Abhang und sehe, wie es war und wie es sein würde. Meinen Kopf und mein Herz füllt eine sich stets nach Erlösung sehnende Traurigkeit, eine Traurigkeit, die keinen Grund braucht. Keine Menschen, die gestorben sind, keine anderen, viel trivialeren Gründe zum traurig sein, nur die deprimierende Tatsache der beschissen ausbruchssicheren ewigen Kreisläufe. Und kein romantischer Weichzeichner. Wir Südsteirer werden mit Sehnsucht im Herzen geboren. Wenn wir auf einem Weinberg stehen, sehnen wir uns schon nach dem nächsten.

Und dann, weg vom Traum, schnell wieder zurück in die harte Realwelt, dann passiert Folgendes. Zwei Kinder sind im Haus, zwei Buben, sie sind keine kleinen mehr und noch keine großen, und sie sind zutiefst verzweifelt. Die zwei Buben sind die Enkelkinder der Schwester Annas und es ist Krieg. Wir registrieren blitzschnell, die zwei sind also Blutsverwandte, sie sind nicht aufgezwungen und einquartiert, und sie sind auch überhaupt nicht im Weg in diesem großen Haus. Sie dürfen hier logieren, bis bessere Zeiten kommen.

Die zwei haben auch schon eine ganze Menge durchgemacht, der Zustand des Krieges macht vor Kindern bekanntermaßen nicht halt. Komischerweise geht es ihnen hier im Haus auch nicht so gut. Man könnte, wenn man es rational nachvollziehbar fände, wenn man es nicht so ungläubig bestaunen würde, man könnte dann behaupten, dass es ihnen hier im Haus schlechter geht als es Kindern gehen würde, die aufgezwungen und einquartiert hier wohnen müssten.

Da stimmt doch irgendwas nicht, aber es sind harte Zeiten und starke Menschen und es gibt keinen Platz für einen unnötigen Kuschelkurs. Die zwei Buben haben in der Nacht ins Bett gemacht.

Und dann passiert Folgendes.

Und wieso bitte hast du da nicht eingegriffen? Du bist ja sonst nicht sparsam mit dem Verteilen von Machtworten? Du lobst dich ja sonst ganz gerne selbst oder lässt dich loben, du hilfst den Minderbemittelten und bist allen menschlichen Defiziten gegenüber verständnisvoll.

Warum, gnädige Frau, haben Sie da zugelassen, dass der eigene Herr Sohn sich da einmischt, haben Sie sich für den nicht genieren müssen? Nein, denn das war ein kerniger Bursch, der hat niemals ins Bett gemacht.
Wieso haben Sie keinen Mucks gesagt, als er die zwei Buben in das Herrenzimmer getrieben hat, ganz nackt, und gewimmert haben sie, und bald gebrüllt und die Hundepeitsche auf den nackten Kindern hat gejohlt. Was ist denn überhaupt los? Und da ist ja noch jemand. Da ist auch noch die kleine Schwester, sie hat nicht ins Bett gemacht, das brave Mäderl, aber jetzt brüllt sie fast am lautesten aus Mitleid und aus Furcht.
Sagen Sie, erklären Sie uns das mal bitte kurz.

Schön langsam scheint sich das herauszukristallisieren, meinen Sie, ich müsste nur noch ein wenig tiefer buddeln?

Eine der Schwestern Annas hatte es im Krieg nicht ganz so behaglich erwischt. Irgendwann kommt sie mit ihrer Tochter und den Enkelkindern, es stehen so viele Zimmer frei im Straßer Haus, es ist ja kein Problem, auch sie ist schließlich, wenn auch mittellos, Teil der Familie. Jedoch mit der Mittellosigkeit scheint die Gnädige so ihr Problem zu haben. Wie eine Krake breitet sie sich mancherzeitens aus und erstickt die Gemütlichkeit im Haus. Alle Lebensmittelkarten müssen bei ihr abgegeben werden. Es gibt auf jeden Fall immer weniger zu essen, als auf den Lebensmittelkarten steht.

Die Schwester muss samt ihrem Anhang noch dazu in der Leutestube essen.

Zu Ostern werden von der Köchin Osterstriezel zubereitet, ein Luxus in der Zeit der rationierten Nahrungsmittel, wer kann sich da schon einen Osterstriezel backen, doch im Hause Stift ist das kein Thema. Natürlich wird der Teig nicht ganz so üppig-weich wie in den Zeiten des friedlichen Überflusses. Die Gebäckstücke werden unterschiedlich schön. Der Misslungenste ist klein geblieben, der Germteig ist nicht ordentlich aufgegangen und er ist an der Unterseite sogar ein wenig verbrannt – dieses auch optisch eine deutliche Sprache sprechende Stück bekommt die Schwester. Es ist für sie und ihren Anhang.

Und man versteht nicht: die leicht verschwendungssüchtige, freigebige Anna plötzlich so knausrig? Das Essen, das so stark ritualisierte, das einen so großen Stellenwert hat, dass sie es regelmäßig in ihren Aufzeichnungen erwähnt, und das ist wirklich noch die Zeit, in der man sich übers Essen darstellt. Ganz dünn sind die ärmlichen Frauen. Eine Frau muss etwas auf den Knochen haben, das zeugt von Reichtum.

Bis es dämmert. Alles für die Familie, aber nur wenn es sich auszahlt. Es muss so gewesen sein, irgendwo im kruden Gedankengang einer Frau, die sich ja selbst erst zu Mitteln und Wegen heiraten musste. Die, die da um Wohnraum und Hilfe kommen, bloß nicht zu sehr verwöhnen. Wer weiß, vielleicht tragen sie irgendwo die Verliererinformation des Vaters im Erbgut. Ein Verwöhnen dieser potentiellen Blindgänger würde bedeuten, dem Untergang in die Hände zu arbeiten.

Diese Erklärung ist irgendeine Erklärung. Doch es ist besser zu glauben, sie handelte aus Unüberlegtheit und versteckt vorhandenem gutem Willen als aus Dummheit und Geiz. Und diese Erklärung passt auch zu dem Mädchen, das dort im Weingarten hinter den mannshohen Rebstöcken fast verschwindet, das schlaksige Ding mit den zwei schwarzen Zöpfen; es ist im Auftrag seiner Mutter hier. Seit zwei Stunden geht es nun schon die Zeilen auf und ab, grast sie ab, besser gesagt, man soll nicht glauben, wie anstrengend zwei Stunden für so eine verhungerte Elfjährige sein können. In einen großen Korb klaubt sie Trauben hinein, damit sie später einen kleinen Korb voll mit nach Hause nehmen darf. *Liebe Anna, vielleicht können wir ein Körberl Trauben haben*, hat die Mutter auf einen Zettel geschrieben und nicht angenommen, dass ihre Tante schon wieder auf geizig macht. Natürlich könne sie Trauben mit nach Hause nehmen, seien ja genügend da, hat sie der Kleinen beschieden und noch bevor die sich so richtig freuen konnte, nachgesetzt, aber du musst auch arbeiten dafür. Nun steht das Mädchen in der knallheißen Sonne und wird noch mindestens zwei Stunden klauben.

Und natürlich arbeitet sie selbst nicht. Man spricht viel zu oft von einem arbeitsreichen Leben, aber da müssen erst die Begriffe definiert werden. Sich ein Kopftuch umzubinden und in den Riegel zu steigen, das kommt für eine feine Dame der Gesellschaft wirklich nicht in Frage. Annas Tätigkeiten sind mit dem Wort delegieren allumfassend beschrieben. Gerne steht sie mit dem Fernglas in der Hand oben am Haus und beobachtet die Arbeitenden im Weingarten. Die Zeiten, in denen sie selbst anpackt, beschränken sich auf Jugend und Kriege.

Im Herbst: die Lese

Das Erste ist eine gründliche Reinigung aller für die Lese und Weinbereitung bestimmten Gefäße und Maschinen. Dazu gehören die Leseschaffeln, Butten, Bottiche, Traubenmühlen und Pressen. Locker gewordene Reifen müssen angetrieben werden.

Man beginnt morgens mit der Lese in niedrigen und tauigen Lagen, wo eine Qualitätsverbesserung nicht mehr zu erwarten und die Gefahr der Fäulnis groß ist. Die guten und besten Lagen dagegen werden zur wärmeren Tageszeit oder zuletzt gelesen.

Wichtig bei der Lese ist die Aussonderung aller verdorbenen Trauben, das sind die in unreifem Zustand durch den Sauerwurm angefressenen Beeren, welche dadurch in Fäulnis übergingen, sauer geblieben und unrein schmeckend geworden sind. Ist frühzeitig Schnee gefallen, so warte man mit der Lese, bis er wieder geschmolzen ist.

Junge Weingärten geben gewöhnlich geringere Quali-
tät ab als ältere und sollen daher auch für sich gelesen
werden. Ich muss mich nur beruhigen. Ich könnte sie
in der Luft zerreißen. Mir gegenüber so ein Benehmen
an den Tag zu legen, was haben sie sich bloß gedacht.
Und warum haben sie kein bisschen an mich gedacht.
Dringend muss ich mich beruhigen.

Der Frost war zu stark und jetzt der Tiefschnee. Nächs-
tes Jahr müssen alle Stöcke kurz geschnitten werden,
damit sie wieder zu Holz kommen. Die Äpfel möchte ich
gern verkaufen, der Neubauer hat das gemacht dieses
Jahr, und vierzig Groschen für das Kilo bekommen. Die
Obstbäume im Graben tragen noch so fleißig, obwohl
sie schon über zwanzig Jahre alt sind. Heute werde
ich bloß Ordnung machen können im Keller. Nur damit
ich meinen Zorn loswerde. Am besten ist es, sich am
Grassnitzberg zu beruhigen.

Soviel Tiefschnee war am Abend und trotzdem sind sie
losgefahren. Kutsche angespannt und losgefahren, den
Kutscher haben sie dagelassen, und ich hab überhaupt
erst mitten in der Nacht davon erfahren. So ein Leicht-
sinn, bei den Verhältnissen zum Fest zu fahren, aber sie
haben ja nicht auf mich gehört. Was die sich einbilden,
und sind noch dazu meine Buben.

Raus aus dem Ort. Raus aus diesem Ort. Manchmal
wird mir hier alles zu viel, die Luft zu dick, die Dumpfig-
keit der Blicke, die mich streifen, manchmal ist es nicht
auszuhalten. Dann wieder Lächeln und Sonnenschein.
(Wenn sie älter ist, wird sich das umkehren, sie setzt
sich diesen Blicken nicht mehr aus, sondern steht hinter
verschlossenen Jalousien im zweiten Stock und lugt hin-

unter). Die Hauptstraße muss überwunden werden. Am Zuckerbäcker vorbei, er hat zum Glück heut geschlossen, sonst würde gleich der Alte rauskommen, mir nach, und wissen wollen, was es Neues gibt. Beim Glasermeister ist offen, da hängen die Häferln neben der Tür. Da der Friseur, das Gemeindewohnhaus. Schau links die Kirche, da hat der Schwiegervater Fenster gestiftet. Grüß Gott. Die Reiterer, die alte Kuh. Den ganzen Tag sitzt sie vorm Haus, das dringend hergerichtet gehört. Ich weiß gar nicht, was aus dem Sohn geworden ist.

Erst mitten in der Nacht hab ich davon erfahren. Die Mitzi hat mich aufgeweckt, fürchterlich erschrocken hat sie mich, noch mehr, als sie gesagt hat, dass die Kutsche wieder da ist. Welche Kutsche wieder da ist. Dass die Buben weggefahren, wieso bitte hab ich davon nichts erfahren? Und halb fünf Uhr früh war es und die Mitzi hat schlecht geschlafen, weil sie wollte ja auch nicht, dass sie fahren. Die Kutsche war leer. Die Pferde waren durcheinander, der Kutscher hat sie erst beruhigen müssen, und dann ist er los, den Fritz hat er mitgenommen und der Carl ist auch mit, und dann haben sie die Buben im Tiefschnee gesucht.

Heraus aus dem Dorf und die Landstraße entlang. Die zieht sich immer, bis ich in Spielfeld bin, nur eine lange Straße, an der niemand wohnt, nur ab und zu fährt ein Ochsenkarren vorüber. Über die Murbrücke. Rechts das Schloss, um das ist es wirklich schade. Aber das ist schon so verfallen, das wird nicht mehr.
Und ich muss ja in die andere Richtung gehen, wo geh ich denn, viele Berge führen auf den Grassnitzberg, ich gehe gleich hinten hinauf, ich nehme den Weg über den Platsch, da muss ich nicht durch den dunklen Katzengra-

ben und auch nicht beim aufgeblasenen Bauern vorbei.
Den hab ich schon gefressen. Fragt mich dauernd, ob
ich nicht verkaufen will. Was der sich einbildet.
Rauf auf den Berg, ich muss hinauf und den freien Blick
haben, den Rundblick, ich brauche Luft!

Sie haben sie bald gefunden. Irgendwo im Schnee sind
sie gelegen, stockbetrunken alle drei, sie haben sich ja
nur kurz ausrasten wollen, hat der Erwin gesagt, wa-
rum sie überhaupt von der Kutsche runter sind, sie
konnten es nicht sagen. Blau bis oben hin und halb
erfroren und ich hab nicht mal losbrüllen können, sie
waren wirklich erbärmlich anzuschauen.
Ich könnt schon wieder –
Ich muss mich dringend beruhigen. Dringend.

Und das verrauchte Gewand, das der Mann anhat,
wenn er von seinen Wirtshaustouren nach Hause
kommt, das hat sie so was von gefressen. Das ist eines der wenigen Dinge, die sie überhaupt nicht aus-
hält!

Die ausgedehnten Wirtshausbesuche der Männer dieser Familie böten ja viel zu viel Stoff für viel zu viele
Seiten, sie ziehen sich oft über Tage. Einmal nimmt der
Vater die zwei älteren Söhne mit nach Graz, er ist ja
in handelnder Funktion stets überallhin unterwegs, er
wird in Graz Waren abliefern und gleichzeitig kassie-
ren. Darauf wird angestoßen und spät in der Nacht be-
schlossen, (von Graz) zu Fuß nach Hause zu gehen.
Distanzen wurden zu dieser Zeit noch ganz anders
betrachtet, und damit der Weg nicht verfehlt werden
konnte, folgte man den Bahngleisen. Wenn ein Zug he-
rankommt, hören ihn hoffentlich alle rechtzeitig und ein

Vorteil dieser schnurstracksen Strecke liegt in den regelmäßig auftauchenden Bahnhofsrestaurationen.
Ein paar Tage später waren auch alle drei unversehrt wieder daheim, Gott sei Dank.

Annas Schlafzimmer war sozusagen das Allerheiligste des Hauses. In der Mitte stand ein großes Doppelbett und eine Pendeluhr ticktackte beruhigend. Licht fiel durch drei hohe Fenster in den Raum, auf den Fensterbänken bremsten viereckig gesteppte, mit blau-weißem Leinen bezogene Fensterpolster den eventuell eindringenden Luftzug. Neben dem Doppelbett dominierte ein wuchtiger grüner Kachelofen den Raum, schwere Teppiche, teure Bilder zum Drüberstreuen. Über dem Bett hingen wandlings ein Christus auf dem Kreuze und ein Marienbild.

Anna hatte drei Söhne. Ich verfolge ihren Weg erst gemeinsam, später geht er auseinander wie Äste eines Baumes sich verzweigen, sie haben immer weniger Kontakt zueinander, der Stamm ist die Familie.
Karl, Erwin und Harald werden sie genannt, dies in der Reihenfolge ihres Erscheinens auf dieser Welt. Anna ist jung, als sie geboren werden, achtzehn Jahre beim ersten Kind, im November ist geheiratet worden, im August kommt Karlklein zur Welt.
Dass es sich ausgeht, das ist wichtig, das war schon immer wichtig, und auch später wird sie immer nachrechnen, ob es sich ausgegangen ist, bei den Enkelkindern noch. Neun Monate müssen dazwischen liegen, es dürfen acht sein wenn es sich um einen zierlichen Säugling handelt, alles andere *gehört sich nicht*. Ein Dorf weiter ist gerade erst das Unmögliche passiert, weil es sich hinten und vorne nicht ausgegangen ist. Die Schwangere hat sich gleich umgebracht, sie ist gar nicht beim Versuch gestorben, es wegmachen zu lassen, sie hat sich mitsamt der Katastrophe in ihrem Bauch entleibt.
Wenn es losgeht, bleibt alles gleich im Haus, die Hausgeburt betrifft alle Gesellschaftsschichten und ist nicht

weiter ungewöhnlich, der Arzt ist ein Freund des Hauses und wohnt die Hauptstraße weiter ortsauswärts, auf der gegenüberliegenden Straßenseite. Der Ort ist klein und wenn es losgeht, kann er innerhalb von ein paar Minuten geholt werden.

Anna bringt ihre Kinder im eigenen Bett auf die Welt. Natürlich steht ihr die Mitzi bei und was sonst noch an weiblichem Material verfügbar ist; sie kochen Wasser ab und legen Leinentücher bereit, wie man es aus diversen Filmen kennt.

Die Geburt kann fünfzehn Stunden dauern oder drei. Der Mann bleibt draußen.

Vielleicht wird er auch erst von irgendwoher herbeigeholt, sitzt gerade bei einem bisschen zuviel verkostetem Wein, denn er hat sich ja nicht denken können, dass es heute schon soweit ist.Egal, vermutlich hat er genug Zeit, sich auszunüchtern, ins Allerheiligste darf er jetzt sowieso nicht, er muss der Niederkunft oder Niederlage nicht beiwohnen, wie das die Väter der Gegenwart tun müssen, während die Frauen sich erfreut geben. Am besten er wartet gleich unten im Erdgeschoß, setzt sich in die warme Küche zu den aufgeregten Leuten dort. Es ist immer eine freudige Aufgeregtheit, die da herrscht, von Geburt zu Geburt, denn die Gebärende ist eine Frau, bei der einfach nichts schief gehen kann. Das strahlt sie aus und das glaubt sie selbst. Wenn die Glastüre oben sich öffnet, ist das Kind schon behübscht und welttauglich hergerichtet, frisch eingehüllt und strahlend wie die weißen Tücher, in die es eingehüllt wurde, gar nicht mehr voller Blut und Schleim.

Es ist ein Bub, es ist ein Bub, jedes Mal ist es ein Bub und es besteht kein Zweifel, dass nach allen drei Niederkünften der Vater sehr stolz war und die Mutter zufrieden.

Ein bisschen mehr als zwanzig Monate liegen zwischen den einzelnen Geburten, dann ist Anna fünfundzwanzig und beendet das Kinderkriegen.

Die letzte dieser drei Geburten wurde mit dem Namen Harald versehen. Er war der erste ihrer drei Söhne, sie sterben in der umgekehrten Reihenfolge ihres Erscheinens auf dieser Welt. Achtzehn Jahre lang würde sie nach dem Tod Haralds vom Sterben eines ihrer Kinder verschont bleiben, doch mit nichts dergleichen rechnet sie am Abend, als die Nachricht kommt. Diese Nachricht verändert viele Leben. Diese Nachricht fordert eine Unmenge an Verpflichtungen. Kranzwägen Trauersalamander Seelenmesse Leichenwagen. Was man alles tun muss, wenn ein nahe stehender Mensch stirbt und man letztlich nur mitsterben will um der zersetzenden Trauer zu entkommen. Stattdessen muss man –
Stattdessen muss man Trauerchören lauschen und die Ehrenwache grüßen. Der beste Freund hält einen *tief ergreifenden Nachruf.*
Ein *kurzes schweres Leiden* heißt es auf den Traueranzeigen, und auch von *unerbittlichem Geschick* steht da etwas. Dass dieses Geschick selbst herbeigeführt worden war durch die Hand des angehenden Arztes, wussten nur wenige.
Das war nichts, von dem man offen sprechen konnte. Alle Beteiligten waren froh, dass der Leichnam dank des befreundeten Prälaten anstandslos in geweihter Erde begraben werden konnte.
Es gibt auch noch eine Fotografie, ein Porträt von ihm, die Fotos von damals wirken alle gemalt, wie mit Wasserfarben retuschiert. Er sieht aus wie eine der Porzellanpuppen, bei denen auch die Haare aus Porzellan mitmodelliert wurden.

Ein stämmiger junger Mann, ein repräsentabler Schmiss zieht sich vom linken Mundwinkel längs der Wange hin, die Haare sind adrett gekämmt.

Noch nie hat ein Sachverhalt so sehr das Wort adrett verlangt wie dieser Haarzustand.

Rundliches Gesicht, aber nicht dick. Schlupflieder, ernste Augen, mein Vater würde sagen *ein echter Stift halt.*

Auffallend volle, sinnliche Lippen hat er, für die, die gerne aus körperlichen Verhältnissen auf den Charakter schließen.

Der Abschiedsbrief sollte wohl Beherrschtheit beweisen, er ist kühl und dennoch berührend, aber vielleicht wirkt er auch nur deswegen so, weil sonst nicht viel überblieb von einem Menschen, bloß das Foto und der Abschiedsbrief. Der in Graz Studierende hatte Schulden, vielleicht hatte er sich auch in eine verheiratete Frau verliebt, eine unmögliche Affäre.

Davon schreibt er nichts. Das Papier, auf dem er sich mit Bleistift in kurrenter Schrift verabschiedet, ist vergilbt.

Er listet alle seine Schulden auf, das Cafe Mozart kommt in der Aufstellung vor, das hat es vor einigen Jahren noch gegeben in Graz, verschiedene nichts sagende Namen, zum Schluss, nicht namentlich, bloß als Berufsbezeichnung, der Oberkellner des Cafe Johann.

Harald hat sich vergiftet. Als Medizinstudent hatte er leichter Zugang zu diversen Drogen und Giften, doch seine Ausbildung bewahrte ihn nicht vor einem groben Fehler. Das Gift wirkte zwar, doch zu langsam. Drei Tage lang spielte sich der Tod mit den Schmerzen. Das war so nicht geplant gewesen.

Die Vermutung liegt nahe, dass deswegen der Sachverhalt mit der geweihten Erde auch nicht so ein Problem darstellte. Weil die Buße einfach schon so brutal gewesen war.

Auf dem vergilbten Blatt, am Seitenanfang, wurde das zentrierte Logo der Burschenschaft fahrig durchgestrichen, nur um klarzustellen, es war kein anderes Stück Papier zur Hand, die Burschenschaft hat nichts damit zu tun, es geht hier um ganz was anderes. Da steht

Meine letzte Bitte ist diese meine Schulden zu bezahlen, um als anständiger Mensch wenigstens im Tode zu gelten.

Das hätte er sich auch nie gedacht, dass er seinen eigenen Tod einmal auf einem Schmierzettel rechtfertigen würde. Aber all das war sicher keine geplante Geschichte, es teilen sich hier die Ansichten, nur dass Problem und Problemlösung schnell über die Bühne gingen, da ist man sich einig, vielleicht war es doch die Kellnerin vom Cafe Mozart, die ihm gerade erst erzählt hatte, dass sie von ihm schwanger sei, und die Schande!

Aber möglicherweise war es auch eine ganz andere Frau, die zu viel zum falschen Zeitpunkt geredet hatte, vielleicht war es eine ganz andere –

Auf der Todesanzeige, die in allen Zeitungen erscheint, sie ist umgeben von einem schwarzen Trauerrand, steht kein gottergebener Sinnspruch, da steht dass

ein unerbittliches Geschick unseren innigstgeliebten, braven Sohn, bzw. Bruder, Schwager, Neffe und Vetter, Herrn Med. Harald S. nach kurzem, schwerem Leiden im blühenden Alter von zweiundzwanzig Jahren, versehen mit den heiligen Sterbesakramenten, in ein besseres Leben abberufen hat.

Da war vielleicht noch etwas ganz anderes. Da war vielleicht die Mutter, die vor ein paar Tagen das Ultimatum gestellt hatte, die nächste Prüfung müsse aber wirklich bestanden werden, denn alle Brüder waren schon etwas und der Vater noch viel mehr, und der sei nicht mit diesen Dingen zu belasten. Aber sie, die Mutter, sie habe sehr wohl das Recht zu sagen, dass diese nächste Prüfung nun zu bestehen sei Die Promotion des älteren Bruders habe gerade erst vor einem Monat stattgefunden und er selbst habe noch gar nichts vorzuweisen? Was er sich eigentlich einbilde; sie dulde nur fleißige Menschen in ihrem Haus und sie selbst sei ein gutes Beispiel, dass man nur mit harter Arbeit hoch hinaus komme. Und so ging das Getöse weiter und setzte sich fort und setzt sich noch fort in dem Moment, in dem er sich die quecksilberfarbene Paste in die Wurstsemmel schmiert. Erst in dem Moment, als er alles als erledigt betrachtet, denn ein ordentlicher Mensch ist er und will es auch im Tode sein, der Abschiedsbrief erscheint ihm fast ein wenig zu theatralisch aber er spürt bereits Schwindel in sich aufsteigen und beißt sich auf die Lippen und versucht den Gedanken weiter zu verfolgen, den er gerade noch hatte, doch es gelingt ihm nicht. Er versucht, auf den Diwan zu gelangen, es ist ein kleines Zimmer, das er bewohnt, dennoch scheint die Distanz unüberwindlich und schon stürzt er.

So wird er gefunden. Er kommt noch einige Male zu Bewusstsein, aber das ist zur Undurchdringlichkeit getrübt durch die Schmerzen.

So oder so, ob es sich nun um eine geschwängerte Kellnerin handelte oder um eine verunglückte Prüfung, in jedem Fall war es ein konsequent umgesetzter Ehrbegriff, der da zum Tode führte. Wenn es aber so richtig tragisch und gemein gemeint war vom Schicksal, dann war es die geschwängerte Kellnerin, von der sich später herausstellte, dass sie ihn angelogen hatte, sie wollte ihn nur zur Heirat bewegen, sie hatte ja nicht wissen können, dass er sich gleich – so ein sensibler Mann aber auch! Wer weiß ob sie mit so einem glücklich geworden wäre!

Er ist der erste, der neben seinen Großeltern im Familiengrab, am Waldfriedhof, beigesetzt wird.

Ein kleiner schwarzer Engel steht neben dem Grabstein und fällt den vorbeigehenden Kindern auf, denn er ist mit ihnen auf Augenhöhe, er trägt eine unschuldige Miene und streckt mahnend seinen gestreckten Zeigefinger gen Himmel. Mit der rechten Hand presst der Engel ein schwarzes Kreuz gegen seine Brust.
Jeden Herbst sammeln sich Blätter und Samenträger auf seinen Schultern und auf dem Ansatz seiner Flügel. Auf der anderen Seite des Grabsteines steht der gleiche Sockel ohne Engel, hier ist nur eine Laterne zum windgeschützten brennen Lassen des mitgebrachten Grablichtes befestigt.
Als alles vorbei ist, und die Zeit heilt alle Wunden, you have to get over it, das Leben geht weiter; schreibt Anna niemals mehr *mit Gott!* über ihre Notizen.

Die Reihenfolge der Todesfälle ist eine makabere Aufzählungsweise. Wir folgen ihr und berichten nun die Geschichte des mittleren Sohnes, die Geschichte von Erwin. Auch Erwin war einmal ein ganz normales Kind mit Lederhosen, dicken Stutzen und kurz geschorenen Haaren. Harald hieß das Nesthäkchen und mit Karl gab es einen Erstgeborenen, doch der eigentliche Star unter den Brüdern war Erwin. Er war das Kind, das für sämtliche Taten seiner Geschwister Verantwortung tragen musste. Warum das so war, konnte keiner erklären, es war, als hätte Karl seine natürliche Verantwortung als Ältester kommentarlos und in stiller Zufriedenheit abgegeben. Als Erwin einmal diese Rolle als Oberhaupt dieser kleinen Hierarchie innehatte, wurde er auch immer ein Quäntchen strenger und ungerechter behandelt als seine Brüder und entwickelte sich zu einem sehr pflichtbewussten Menschen. Er konnte sich der Verantwortung für seine Familie kaum erwehren und wollte das vermutlich als Erwachsener auch gar nicht mehr.

Während des Studiums der Rechtswissenschaften legte er sich Schmisse im Gesicht zu und vermutlich einen Haufen anständiger Wertvorstellungen. Die Bündnishaftigkeit der Burschenschaft lag ihm, er schloss Kontakte und setzte sie richtig ein.

Zur Freude seiner Eltern und unter Vermehrung des Ansehens aller, wurde er Regierungsrat und verbrachte, was schon nicht mehr soviel Anklang fand, nur mehr die Wochenenden in Straß.

Erwin war ehrgeizig und zielstrebig. Nachdem er die schnellschusspädagogische Methode seiner Zeit, Kindern das Reiten beizubringen (man setze sie auf ein Pferd und schlage demselben kräftig auf das Hinterteil) überstanden hatte, entwickelte sich der Pferdesport zu einer seiner wenigen Leidenschaften. Er baute sich ein kleines Gestüt auf und besaß sowohl Zucht-, als auch Trabrennpferde.

Er war ein selten freundlicher, entgegenkommender und hilfsbereiter Kamerad, den alle schätzten, die mit ihm zu tun hatten.

Ein angesehener Mensch, für seine Eltern eine Stütze. Anna machte ihm nie einen Vorwurf daraus, dass er ihr keine Enkelkinder bescherte. Vorhaltungen machte sie sehr wohl seiner Geliebten, der Frau ihres besten Freundes. Das war ein offenes Verhältnis, von dem viele wussten, und keiner was genaues. Diese Geliebte wohnte in Spielfeld und eine zweite lebte in Graz. Wie so viele charismatische Männer musste Erwin sich nicht entschließen.

Er wurde gern ein bisschen angehimmelt.

Leicht facettiert wird das Bild dieses hochanständigen Mannes eventuell noch durch die Kinder, die heute erwachsen sind. Die von der Hundepeitsche zu berichten wissen, die von Erwin geschwungen wurde, wenn kein anderer sich für Bestrafung zuständig fühlte. Und dass sie bei ihm immer die leichte Ahnung hatten, dass er das nicht nur als lästige Pflicht sah, sondern eher als Vergnügen. Hundepeitschen auf nackte Kinderhindern sollen jedoch nicht davon ablenken, dass Erwin auf jeden Fall ein Freund der Tiere war, das steht ja sogar in seiner Parte.

Als Erwin starb, tat er dies höchst spontan und unspektakulär. Gerade eben noch mit seiner Freundin in Spielfeld telefoniert, und jetzt auf der Showbühne ins Jenseits. Dabei war er nur wegen seines Blinddarmes im Krankenhaus gelandet, die Operation verlief problemlos, er war schon wieder gut aufgelegt und tatenfreudig, da macht sich irgendwo in seinem Körper ein Blutgerinnsel auf den Weg, um eine lebenswichtige Arterie zu verstopfen. Als die Nachricht bei seiner Geliebten in Spielfeld eintrifft, bricht diese in unmenschlichstes Wehklagen aus. Sie hatte ja erst vor einer halben Stunde mit ihm telefoniert.

Das Begräbnis dieses Sohnes bringt eine Unmenge an Prominenz auf den Waldfriedhof.

Das hätte sich der Herr Papa auch nicht gedacht, dass das eine gute Idee war, den Friedhof so schön herrichten zu lassen. Nun wird noch ein Dr. und ein Reg. Rat. auf den Grabstein gemeißelt und mit Gold ausgelegt.

Der war gar nicht verheiratet und trotzdem gehen hinterher drei Witwen, sagen die einfachen Leute, die den Begräbniszug beobachten. Mit den zwei Geliebten geht nun Anna, alle drei in Schwarz und fertig mit der Welt wie mit den Nerven. Noch ein Sohn wandert ins kühle Grab, ohne sich fortgepflanzt zu haben. Sie macht sich nun zum ersten Mal Gedanken darüber, ob sie dafür nicht doch ein bisschen mitverantwortlich ist. Für ihren Erwin war ihr nämlich keine gut genug.

Seine Geliebten waren ja ganz annehmbar, aber perfekte Zuchtstute zum Verehelichen war da keine dabei.

Als endlich alles vorbei ist, und die Zeit heilt alle Wunden, you`ve got to move on, und nicht immer nur in die Vergangenheit schauen, geht Anna in ihr Schlafzimmer und hängt den Christus auf dem Kreuze ab.

Nun bleibt dem werten Leser und den am Boden zerstörten Eltern nur mehr Karl, der dritte Sohn.

Er ist derjenige, der, wie es sich gehört, für den Erhalt der Linie sorgt und insgesamt drei Buben zeugt; mit zwei Frauen, was sich schon nicht mehr so gehört, denn die Leute reden darüber, aber stellen wir uns vor, er hätte gar nichts von Frauen wissen wollen? Na eben. So wird das Erbgut dieser äußerst wertvollen Familie wenigstens hoffnungsfroh in die Zukunft weiterverbreitet.

Auf unglückliche Weise war Karl durch den verfrühten

Tod seiner Brüder gefangen. Er litt unter hohem Erwartungsdruck und der mangelnden Fähigkeit, sich entweder davon loszureißen oder ihm zu entsprechen. Ein abgebrochenes Studium umfing ihn wie eine schmutzige Aura. Nach seinen Vätern war er der dritte Bürgermeister im Ort, ein *furchtbar beliebter Mensch* und tat sein Möglichstes für die Menschen, doch die Familie entließ ihn nicht. Er war der bestaussehende und zu seinem Unglück der intelligenteste seiner Brüder, doch die Familie entließ ihn trotzdem nicht. Die Tatsache, dass ihm niemals etwas wirklich gehörte, vom ganzen Besitz oder vom richtigen Einfluss, ließ ihn später zu viel trinken, viel zu viel. Vielleicht passierte der Matriarchin in dieser Zeit der erste weitreichende Fehler. Sie konnte das Ihre nicht weitergeben, sie versäumte den Moment, Verantwortung abzugeben. Das tat sie erst durch den Tod, ganz zum Schluss, und da war vieles bereits zu spät.

Karl war ein ruhiger Mensch, eigentlich. Hätte ihn irgendjemand gefragt, hätte ihm irgendjemand jemals eine Wahl gelassen, wäre er Tierarzt geworden.

Der Umgang mit den Kreaturen lag ihm sogar mehr als seinem Bruder. Im Stall war Karl ein ganz anderer Mensch, da ging er aus sich heraus, erklärte, beschrieb und blühte auf. Im Haus drüben, unter dem Nachtschatten der Mutter, beschränkte er sich aufs Notwendigste.

Er war der einzige der drei Brüder, der die Verbindung zu einer Frau legalisierte, was aber, wie bei all den anderen, nicht ausschloss, Verhältnisse hie und Liaisonen da zu haben.

Als erste dieser Frauen tritt nun Maya auf. Ihr ungewöhnlicher Name ist ein sprechender, wenn es um Extravaganz und Andersartigkeit geht. Maya strotzt vor Selbstbewusstsein und ist der Meinung, dass ihr die Welt eine

Menge schuldet, allein dafür, dass sie sich mit ihr abgibt. Sie ist jünger, hübscher und klüger als Anna, und beide Frauen sind sich dessen von Anfang an bewusst. Maya ist aber auch sehr eitel. Geblendet vom glänzenden Auftritt bei der Familie ihres Mannes unterschätzt sie den Willen ihrer Schwiegermutter als einzigen, aber spielentscheidenden Charakterzug, in dem sie ihr unterlegen ist. Schnell entwickelt sich eine gut funktionierende Seifenoper, ein Drama, das allen Hauptsätzen der Theaterkunst entspricht. Die Schwiegermutter, die ihre unerfahrene Schwiegertochter immer wieder in die Fallen des Alltags einer Haushaltsführenden tappen lässt. Die Schwiegertochter, die jeden Tag ein bisschen mehr in Wunden stochert, die sie an einer, die ihr viel zu ähnlich ist, sofort erkannt hat. Und die klitzekleine Kleinigkeit mit den Kindern.

Mit den Kindern im Hause Anna ist es nämlich so, dass sie, wenn sie nicht gerade vor lauter Angst die Matratzen nässen, heiß und kompromisslos geliebt werden, dass ihnen allerlei zugestanden und untergeordnet wird, vor allem wenn sie dem eigenen Stamm entspringen. Je älter Anna wird, desto weichherziger wird sie Kindern gegenüber. Auch Angestellte, die in ihren Diensten so ein lediges Dingelchen zur Welt bringen, werden nicht in Schimpf und Schande davongejagt, sondern dürfen bleiben. Nun hat ausgerechnet die eingebildete Schwiegertochter, weiß Gott, wenn sie vorher gewusst hätte, was für eine blöde Ziege das ist, hätte sie diese Verbindung zu unterbinden gewusst; nun hat ausgerechnet diese Maya so ein eingestanden schlechtes Händchen für die lieben Kleinen, sie sagt es ja selbst, *mit Kindern kann ich einfach nicht*, dann soll sie es halt bleiben lassen! – Nein, so kann es nicht gehen. Nach einem unglaublich bedeutungslosen Zwischenfall weist Anna die gesamte Jungfamilie aus ihrem Haus. Es war die Art, wie Maya ihren kleinen Sohn gehalten hat, immerhin hat sie ihn am Arm gehabt, dringend erwartete körperliche Zuneigung für so ein kleines Bündel, aber so hält man nun mal kein Kind und *ich ertrage diese Person keine Minute länger hier.* Wenn Maya gehen muss, wird Karl sie selbstverständlich begleiten, das Kind wird mitgenommen. Ohne Eltern kann es nicht hier bleiben. *Obwohl es zweifellos besser unter meinen Fittichen aufgehoben wäre.* Hinaus. Nach fünf Jahren wird diese Ehe geschieden, wie Anna süffisant vermerkt, *ohne das Einverständnis der Eltern.*

Maya war für unser Haus ein Unglücksstern.

Der Rosenkrieg danach muss so lähmend gewesen sein, dass niemand mehr davon reden wollte, auch die extravertierte Maya nicht.

Als Karl nach der Scheidung ins Haus seiner Eltern zurückkehrt, tut er das ohne seinen Sohn. Der bleibt bei der Mutter und wird Zuneigung und Familie vorerst nur von seinem Großvater erhalten – mütterlicherseits. Maya mischt sich fortan nicht mehr wirklich in die Erziehung ihres Sohnes ein, nur Jahre später, als er, gescheiter Knabe wie er ist, ein Studium in Leoben beginnt, untersagt sie ihm, einer Burschenschaft beizutreten. Die Angehörigen einer solchen assoziiert sie zu sehr mit ihrem ehemaligen Gemahl.

Dessen Familie, sowie den Vater selbst, lernt er erst mit sechzehn Jahren kennen, und das auch nur durch eigenen Antrieb. Danach ist ein verwandtschaftliches Verhältnis zwar durchaus vorhanden, aber es bleibt lose und ohne emotionale Ansprüche.

Als fertiger Diplomingenieur soll er bei der Großmutter

zur Berichterstattung antreten. Kein leichtes Unterfangen, ihr zu erklären, wie man denn nun Eisen herstellt, doch es scheint ihm ganz gut zu gelingen. Bis sie ihn das erste Mal unterbricht und *eigentlich Blödsinn* sagt, fast Marie-Antoinette-haft führt sie weiter aus, *wenn ich Eisen brauche, dann kauf ich es mir.*

Jahre später tritt Maya noch einmal auf, beim Begräbnis ihres ehemaligen Mannes. Sie sinkt, auch hier im Gefühl für Theatralik ihrer Kontrahentin nicht unähnlich, publikumswirksam neben dem offenen Grab auf die Knie und bittet ihre einstige Schwiegermutter um Verzeihung für Dinge, die nie ausgesprochen wurden. Anna ignoriert sie formvollendet und geht an ihr vorbei.

Als Karl wieder heiratet, hat er dazugelernt. Er sucht sich eine Frau, die es von Anfang an nicht darauf anlegt, im Mittelpunkt zu stehen, und das ist nun die Käthe.

Käthe ist zwar, wie ihre Vorgängerin, um einiges gebildeter als die Schwiegermutter, macht diesen Vorteil aber durch einen heillosen Mangel an Selbstvertrauen wieder zunichte. Sie ist vielleicht ein bisschen zu feinsinnig für diesen Job, sie ist ganz sicher ein wenig zu dünnhäutig. Die dieser Verbindung entspringenden Kinder werden samt Betreuung und Betten nach oben, in den ersten Stock, verlegt und das geschieht ohne ein im Ansatz vorhandenes Infragestellen der Methoden. Das Dienstpersonal merkt schnell, dass es besser und mit mehr Respekt behandelt wird als die Schwiegertochter und nimmt diese Tatsache mit einigem Ergötzen hin. Ihr Mann ist so erleichtert darüber, mit Hilfe dieser zweiten Ehe doch noch in geordnete Verhältnisse gerutscht zu sein, dass er vollkommen darauf vergisst, sich nur ein einziges Mal zwischen seine Frau und seine Mutter zu stellen. Er ist zwar im Grunde ein anständiger Kerl, aber auch nicht gerade ein Mann der emotionalen Zwischentöne. Alles eine Frage der Sozialisation.

Er ist sowieso ein bisschen anders. Es mangelt ihm an Ehrgeiz zu akademischer Bildung und er trinkt ganz gerne. Die eine unschätzbare Charaktereigenschaft, die er sein eigen nennt, ist die Freude an der Fortpflanzung. Das Ergebnis dieser Eigenschaft sind seine drei Buben, die er vermutlich gern hatte wie ein Vater eben seine Söhne gern hat, mit denen er jedoch nicht viel anzufangen wusste. Die Erziehung liegt in der Verantwortung der Frauen, später in der Hand von Institutionen, noch später obliegt sie den Großeltern.
Überhaupt nimmt der Großvater mit zunehmendem Alter die Stelle des Vaters ein und füllt die wenigen Lücken, die von der dominanten Großmutter, wenn überhaupt, noch offen gelassen werden.
Was Karl so macht, reicht allemal um wiederum Bürgermeister zu werden, und es musste reichen, um schön langsam die Rechte und Pflichten seiner alternden Eltern zu übernehmen.
Aber er hatte weder Nerven noch Zeit, seine Frau zu schützen. Warum diese so schwach war unter der Matriarchin, vermag keiner mehr zu sagen. Es war wie ein sich selbst erfüllendes Naturgesetz. Der Schwachpunkt einer Gruppe wurde an diese seine Schwachpunktfunktion stets und immer wieder erinnert.
Bald beginnt sie, im großen Haus in Straß mit Anna allein gelassen, auf südsteirische Weise mit ihren Ängsten fertig zu werden. Links neben dem Wirtschaftshof, hinter dem Haus, bei den Ställen, war das Weinkammerl. Wenn man sich dort hineintut und ein Achterl kippt, hat man gleich ein Spürchen mehr Selbstvertrauen. Das Selbstvertrauen steigt mit jedem Achterl, auch das ist

nichts Neues, nur heimlich muss man es halt machen. Und Essen. Essen ist auch fein, wenn man zu Melancholie und Einsamkeit neigt. Mood-food heißt das ja heute so schön, das sind so Glücklichmacher wie Zimt und Schokolade.

Käthes mood-food waren Grammelschmalz und Verhackertbrot, und zum Backhenderl sagte sie auch nie nein, und wie wir schon festgestellt haben, scheinen die Hauptbestandteile des Essens damals Eier und Fett gewesen zu sein. Bald war sie korpulenter als die Schwiegermutter. Sie geriet nie fürchterlich aus dem Leim, aber hatte immer ein paar Kilo zu viel am Leib und das trug auch nicht gerade dazu bei, dass es ihr besser ging.
So was gefällt einem Mann einfach nicht.

Sieben Jahre nach dem hoch geschätzten Erwin stirbt nun der letzte von Annas Söhnen. Wir sagen das so hin, wohl in dem Wissen, dass es Eltern nie beschieden sein soll, ihr eigenes Kind zu begraben, und dann war es nicht *nur* eines, sondern gleich alle drei. Wir sagen das so hin, auch in dem Wissen um all die anderen, denen dasselbe passiert ist. Wir erzählen es so und können uns doch niemals vorstellen, und Gott bewahre, wir wollen es auch nicht, wie das ist. Was dann ist. Wofür dann Leben noch gut sein soll. Dann besser von vorneherein keine Nachkommen sein eigen nennen, das minimiert die Gefahr des Erwischtwerdens.

Karl mit dem adretten Seitenscheitel und den angedeuteten Pausbacken, ach, und einen bösen Blick hatte er auch noch zu bieten, wenn es darauf ankam, dieser Karl stirbt nun, wie Anna penibelst vermerkt, an einem Geschwür des Zwölffingerdarms. *Leiddauer*, notiert sie, wie um sich von den eigenen Schmerzen abzulenken, vermerkt sie die exakte Leiddauer ihres Sohnes, *zwi-*

schen Beginn und Eintritt des Todes, ein Tag.
Nun aber. Wandert das Marienbild. Hoffentlich in den Müll.

An solchen Stellen packt mich dann der Zweifel. Das ist literarische Leichenfledderei im euphemistischen Fall, wo ich doch nur kompromisslos schreiben wollte. Das Resultat kann mir eventuell mein Gewissen schönreden, doch letztendlich ist alles nur das verhedderte, gestückelte Bild einer Frau, die mir bloß vom Hörensagen bekannt ist. Und das Ganze hat noch Anspruch: sowohl auf Realismus als auf Literatizität. Ich protokolliere. Alles, was sie richtig gemacht hat und von dem heute noch gesprochen wird. Alles, was sie falsch gemacht hat und worüber heute nur mehr in Ansätzen erzählt wird.

Es gibt nicht viel, vor dem sie sich fürchtet. Der Tod rückt auch den Maßstab Angst zurecht, angstfrei, angstbefreit heißt auch furchtlos zu sein und das bedeutet abgestumpft. Nur wenige Ängste behält sie sich ihr Leben lang, so die vernachlässigbare, doch nie versteckte Furcht vor Schlangen. Die widern sie an, wenn auch vielleicht nur ob der Tatsache, dass sie überhaupt so starke Gefühle in ihr hervorzurufen imstande sind. Sie will nicht auf die Geschmeidigkeit der Körper und deren Ästhetik achten, und sie fürchtet die unberechenbare Schnelligkeit der kleinen Zungen.
Ein goldener Armreif in Form einer Schlange, die sich in den Schwanz beißt, schenkte einst der wohlmeinende Ehemann seiner jungen Frau, sie trug es lange Zeit nur ihm zuliebe und hielt die betreffende Hand, sobald er nicht in ihre Richtung blickte, angewinkelt hinter ihren Körper. Doch Kinder sind ja so beinhart grausam. Sie tun Din-

ge, von denen sie zu jeder Zeit wissen, dass sie sie besser lassen sollten. Irgendetwas treibt sie an, es trotzdem zu versuchen.

Und zum Charakter des älteren der Enkel, da passt das irgendwie, dass er ihr eine tote Schlange ins Schlafzimmer legt. Es hat ihn halt gejuckt, er hat genau gewusst, was passieren wird. Eine Blindschleiche war es, er hat ihren hellkupfernen Leib und die zarten Längsstreifen kurz bewundert, nachdem er sie totgeschlagen hatte mit einem großen Stein, dann war auch schon der Gedanke in seinem Kopf.

Die ganze Zeit weiß er, dass das kein guter Gedanke ist und ist sich sogar ansatzweise der in ihm schlummernden, jetzt hellwachen Boshaftigkeit bewusst. Die tote Schlange platziert er nichtsdestotrotz im Schlafzimmer seiner Großmutter und versteckt sich daraufhin in den Stallgebäuden hinter dem Haus. Es ist ein Maitag, es ist lau und alle Räume werden tagsüber gelüftet, den Muff der Generationen zum Fenster rauswehen zu lassen. Aus einem der geöffneten Fenster hört der Junge bald einen zornigen Schrei, sie weiß sofort, wem sie das glattschuppige Ding in ihrem Bett zu verdanken hat.

Die Bambusgerte wird in Wasser getaucht, bevor sie auf die nackte Kinderhaut trifft und dort nach einer Schrecksekunde der Körperreaktionen leuchtend rote Streifen hinterlässt.

Am Abend wird der Junge von seinem Kindermädchen gewaschen und jammert, Schmerzen hat er schon lange keine mehr, aber er möchte gern ein bisschen bemitleidet werden, da kommt die Großmutter zur Türe herein. Sie bemerkt die immer noch leuchtenden Striemen, sieht, dass sie diesmal vielleicht ein bisschen übertrieben hat mit Kraft und Anzahl der verabreichten Schläge, sagt leise *das hab ich nicht gewollt* und beginnt zu weinen.

Eine der Spätfolgen des zweiten Weltkrieges waren die Probleme derer, die Besitzungen auf beiden Seiten der Grenze ihr Eigen nannten.

Fast dreihundert Besitzer in der Steiermark waren davon betroffen, dass die Grenzziehung zwischen Österreich und Jugoslawien nach gröberen Maßstäben erfolgte als nach privaten Eigentumsvorstellungen. Obwohl sie dieses Mal liebend verzichtet hätte, war Anna, diesmal zusammen mit ihrem Hund, wieder in allen Zeitungen.

Besonderes Pech hatte eine Weingartenbesitzerin in Spielfeld. Die jugoslawische Kommission beanstandete zunächst das Vorhandensein eines Hundes der Rasse Boxer als unbäuerlich und als sich dann gar ein Kommissionmitglied von der Besitzerin mit „Küss die Hand, gnädige Frau" verabschiedete, war es um das Ansuchen geschehen.

Der arme Hund, es war eine der vielgeliebten Boxer mit Namen Prinz, gelangte zu einer derartigen Popularität, dass es niemand wagte, eventuellen Ärger über die Geschehnisse an ihm auszulassen.

Das Grundstück, das in Zeiten des Krieges teilweise mit verschiedenen Regelungen betreten und bearbeitet werden konnte, ging verloren. Dazu gehörten sechs Joch sehr alten Buchenbestandes, ein großer Teil des forstwirtschaftlich beanspruchten Besitzes. Das und die dazu stetig fallenden Weinpreise wirkten sich schnell auf den gesamten Betrieb aus. Noch dazu, weil sich über die Jahre der Schwerpunkt des Einkommens tatsächlich auf den Weinbau verlagert hatte.

In den Jahren, in denen sie die Übergabe an den einzigen überbleibenden Sohn oder die Enkel regeln hätte sollen, wurde Anna alt. Das kann man ihr weder verdenken noch vorwerfen, doch stur, wie sie ihr ganzes Leben gewesen war, verlor sie in dieser ihrer Sturheit langsam das Augenmaß.

Das Alter enthärtete sie zusehends. Es beeinflusste sie niemals so sehr, um einen gänzlichen Wechsel der Verhaltensweisen durchzuführen. Sie war noch immer stolz. Sie bestand noch immer darauf, von allen Menschen mit Handkuss begrüßt zu werden. Sie regierte, wo es ging, weiterhin im Hintergrund, doch auf gewisse Weise wurde sie lockerer. Vielleicht war sie zu lange eingeweicht gewesen in einem langen Leben voller Schmerz. Verständnis für die Jugend sprach man ihr plötzlich zu. Wenn andere den jungen Leuten immer die schlechtesten Eigenschaften vorwarfen, hatte sie niemals etwas dagegen, wenn die Enkel ein bisschen das Leben genossen. Ein bisschen, nicht zu viel.

Ihre Hobbys beschränkten sich nunmehr darauf, den ganzen Nachmittag hinter fast gänzlich geschlossenen Jalousien auf die Hauptstraße und zum gegenüberliegenden Kaffeehaus zu spähen. Wer da denn aller hingeht. Wie lange die Leute dort bleiben und dem Müßiggang frönen. Anna war sehr neugierig. Diese Neugierde steigerte sich, wie die meisten markanten Charakterzüge eines Menschen, im Alter immer mehr. *An einem einzigen Tag möchte ich wissen, was ganz Straß zum Mittagessen hat.*

Wenn die eigene Verwandtschaft ihrem Gefühl nach zu lange nicht nach Hause kommt, pfeift sie in ein Hundepfeiferl, das sie nahe dem Fenster immer in Reichweite hat. Dem Hundepfeiferlpfeifen entkommt keiner, wenn der Pfeiferlton zu hören ist, hat man nach Hause zu kommen. Höchste Zeit für einen Handkuss und zu fragen, welchen Wunsch die Gnädige hat. *Wir haben tatsächlich pariert wie die Hunde.* Manchmal schickt sie auch die Urenkel, die dürfen sich dann ein Eis kaufen und ihr einen Eiskaffee mitbringen, da steht sie drauf. Selber geht sie nie ins Kaffeehaus. Sie geht überhaupt immer seltener selbst um Besorgungen. Ab und zu fährt sie mit einem der Enkel nach Graz zum Herrenschneider, einen Anzug anzupassen. Wenn sie etwas bezahlen muss, tut sie das stets mit großen Scheinen. Sie führt niemals Kleingeld mit sich.

Obwohl das Einkommen sinkt und die Fixkosten steigen, wird weiterhin repräsentiert auf Teufel komm raus. Das Wort sparen ruht im Wortschatz ganz zuunterst. In einem Leben, in dem sie den Tod aller ihrer Kinder miterleben musste, klammert sie sich an das, was ihr geblieben ist. *Hinter ihr die Sintflut.* Die wenigen, die wissen, wie es steht, haben zu wenig Einfluss und alle anderen kümmern sich nicht großartig, vor allem, wenn bei all dem Niederwirtschaften auch etwas für sie rausschaut. Bei Taufen und Hochzeiten werden weiterhin Grundstücke und Mobiliar geschenkt, als großzügiges, doch angemessen erscheinendes Präsent. Die Familie hat sich ja auch früher um alles gekümmert. Man würde das auch weiterhin tun. Und Anna fürchtet um die Kontrolle, die sie bereits nicht mehr ausübt. Carl hingegen, der wusste wohl, dass er nichts mehr zu sagen und zu verantworten hatte in dieser Welt.

So ging schön langsam alles den Bach runter, was für eine abgedroschene Phrase, aber so ein Niederwirtschaften passiert nun mal langsam und stetig und unentdeckt bleiben wollend. An manchen Tagen war ihr, der Matriarchin schlechthin, durchaus bewusst, was sich da für ein unspektakulärer Niedergang des angesehenen Hauses am Horizont abzeichnete, aber sie dachte vielleicht, es nicht mehr erleben zu müssen und mit beiden Ahnungen hatte sie Recht. *Die Weinpreise sind im Keller, aber sie müssen halt hart arbeiten,* registriert sie über ihr Enkelkind und dessen Frau, denen sie, als sie mit über Achtzig wirklich nicht mehr maßgeblich mitarbeiten konnte, endlich den Weingarten, den Grassnitzberg, überschreibt.

Meine/deine Urgroßmutter hatte zahlreiche/auf keinen Fall Männergeschichten.
Sie ließ sich keine Gelegenheit entgehen/ hätte so etwas niemals getan. Sie war /nach außen hin/ sehr sittenstreng/ aber hinter verschlossenen Türen spielte es sich ab. Auch der Carl war kein Kostverächter/ aber bei den Männern war das ja nicht so. Sie hat auf jeden Fall/ ein Verhältnis mit dem X und dem Y gehabt/ jegliche Fehltritte den Familienmitgliedern unversöhnlich vorgeworfen.
Die Mitzi, die hätte das alles gewusst.

Mag sein, dass Carl und Anna wirklich eine lang monogame Ehe führten.

Carl und Anna führen lange Zeit eine monogame Bilderbuchehe. Erfreut vermerkt sie jedes Mal, wenn Carl sie in der Zeit der Lese am Grassnitzberg besucht und, als Draufgabe, auch noch bei ihr übernachtet. Vier, vielleicht auch fünf oder sieben Jahre nach der Geburt des letzten Sohnes lässt die sexuelle Spannung zwischen den beiden Eheleuten ganz einfach aus. Was der Grund dafür ist, lässt sich, wie immer, nicht so einfach feststellen, vielleicht schlafen sie zu selten gemeinsam in einem Bett, möglicherweise verschiebt sich ihre Beziehung zu sehr ins Geschäftliche. Sie merken beide zwar den schleichenden Prozess, reden aber nicht darüber. Später spricht sie von ihrem Mann sehr distanziert als *Herrn Chef* und redet ihn auch so an.

Anna hat sehr wohl auch Eheratgeber unter ihren Büchern, die sie zu Rate zieht, doch sie merkt schnell, dass die ihr nicht weiterhelfen können. Das sind Bücher, in denen geschrieben steht, dass eine Frau beim Geschlechtsakt nur in Ausnahmefällen oben sein sollte, weil es in ihrer Natur liegt, eine passive und untergeordnete Rolle zu spielen. Sie versucht es mit Enthaltsamkeit, bis sie das Gefühl, sich selbst nicht mehr zu spüren, nicht mehr aus ihrem Bewusstsein verscheuchen kann. Das ist der Anfang der Techtelmechtel.

Auf der anderen Seite des Bettes war es wohl ähnlich. Mag sein, dass Carl eher in seinen Männerrunden als in Büchern die Lösung seines Problems gesucht und gefunden hatte, das Resultat war das gleiche.

Und das könnte man jetzt auswalzen, wenn man wollte und huch! sagen, aber derlei Dinge passierten damals wie heute, denn sie liegen in der Natur der Menschen. Die, die am lautesten huch sagen, sind meist am ärgsten involviert. Nur die Art, wie damit umgegangen wird, ist heute anders. Das mit der Diskretion hat zu Annas Zeiten noch ganz gut funktioniert. Auch wenn mal was passierte, wurde nie versucht, damit gewaltsam an die Öffentlichkeit zu gehen. Die Würde des Menschen ist unantastbar, auch wenn er Fehler begangen hat. *Das ist halt so.* Soviel Diskretion ist ja schon gar nicht mehr auszuhalten, wenn man sechzig oder mehr Jahre danach versucht, Genaueres darüber zu erfahren. Es war halt so. Hier kann mir keiner weiterhelfen, denn keiner weiß mit Sicherheit, was sich damals hinter verriegelten Türen so abspielte. Sicher war nur, dass Anna einen offiziell anerkannten besten Freund hatte, gleichzeitig ein guter Freund der ganzen Familie und alles war in bester Ordnung, denn er war aus körperlichen Gründen an einer sexuellen Beziehung nicht (mehr) interessiert. Auf Fotos sieht man sie die Hand auf seine Schultern legen, wie um sich abzustützen.

Der Winter

Der Winter ist die einzige Zeit des Jahres, in dem der Weingarten ruht. Es gibt nichts, was man für die unter der Schneedecke Kraft sammelnden Weinstöcke tun kann. Gearbeitet wird, wenn überhaupt, im Keller. Dort wird Ordnung gemacht, gereinigt und hergerichtet für den Frühling. Fässer werden nachgesehen, neue Dauben eingesetzt und Reifeisen aufgezogen.

Wenn der erste Schnee des Winters fällt, dann ist es, als würde sich eine erstickende Schicht von Watte über die Gesamtheit der Zivilisation legen. Im positiven Sinne, denn nun geht von einem Tag auf den nächsten nichts mehr, der Mensch ist gezwungen, auf Langsamkeit umzuschalten und alles ganz anders zu machen. Man geht wieder mehr zu Fuß, man fährt wieder eher mit dem Schlitten. Die Tiere kommen hervor, ihr Gewicht wird von den Schneedecken gehalten.In manchen Jahren gibt es so viel Schnee, dass die Hälfte der Weinstöcke umgedrückt wird. Ein einziges Mal passiert etwas wirklich Unerwartetes und die Mur friert zu. Total.

Im Winter ist es nicht einfach, auf den Berg zu fahren. Es herrschen zwar nicht gerade alpine Verhältnisse, doch gerade deswegen wird der Weg zum Weingarten oft unterschätzt. Mit Ochsenkarren oder Kutschen früher konnte da nicht viel passieren, doch mit der zunehmenden Motorisierung geschehen vermehrt Unfälle.
An einem Februarmorgen lässt sich Anna auf den verschneiten Weinberg bringen. Zu dieser Jahreszeit ruht hier alles, sie ist wenig heroben, schickt lieber Winzer zum Nachschauen, ob alles geregelt ist Aber wohlverwahrt in ihrem Schreibtisch liegen die Bilanzen des Vorjahres, und die Weinpreise müssen mit der Genossenschaft neu verhandelt werden.
Der Chauffeur wohnt im Ort, und wenn Anna wohin geführt werden will, dann lässt sie ihn das am Vortag wissen. Nun fahren sie den mit einem Auto wirklich nicht mehr weiten Weg von Straß nach Spielfeld, dort wo bald die Bundesstraße sein würde, dann durch die Unterführung der Zugverbindung nach Marburg an den neu gebauten Bauernhäusern der aufstrebenden Nachkriegsgeneration und den verfallenen Keuschen, die es sich

für Kinder und Enkelkinder oft nicht mehr zu renovieren lohnt, die dicken Mauern, die wertvolle Bausubstanz wird hier ahnungslos dem Verfall überlassen, vorbei. Vorbei.

Dann wird es steiler. Besonders die letzten paar hundert Meter haben es in sich, man muss sie bei Eis und Schnee sehr vorsichtig befahren. In der vorletzten Kurve verliert der Fahrer die Kontrolle und das Auto stürzt zwanzig Meter den Abhang hinunter. Ein einziger Wurzelstock bremst schließlich und hält den Wagen auf. Passiert ist keinem was, zum Glück, doch in der Sekunde des Unglücks, in der ganz viel im Kopf passiert, in der man erschrocken schreit auf der einen Seite, aber die Gedanken rasen auf der anderen, da denkt sie: *Endlich!* Aber dann, *ich hätte noch gerne …und hoffentlich schauen sie gut auf die Hunde.*

Es geht auch alles ganz schnell und binnen einiger Minuten hat sich die unerschütterliche Frau gefasst, *derappelt*, und klettert als erste aus dem Wagen. Es ist ein VW, ein Kübelwagen, den man aus alten Heeresbeständen gekauft hat, denn er ähnelt sowohl in Erscheinungsbild als auch Vorzügen einem Jeep und ist äußerst geländetauglich. Bis auf diesen einen Unfall ist auch nie was passiert. Sie klettert aus dem Wagen und beginnt sich zu säubern. Gefrorene Laubreste hängen am schwarzen Kostüm, der Rock ist verrutscht und der Hut ist weg.
Den Hut soll gefälligst der unfähige Fahrer suchen. *Bringen Sie das so schnell wie möglich in Ordnung*, herrscht sie ihn an und geht, und sucht einen unanstrengenden Weg aus dem mit Unterholz bewachsenen Abhang heraus. So war sie. Und wieder ist sie noch immer am Le-

ben. Frau Anna bleibt unverletzt, wie durch ein Wunder heißt es, und um dieses Wunder noch durch heilige Obrigkeit nachträglich zu bekräftigen, stiftet die Straßer Marktgemeinde ein Marterl zum Siebzigsten, ein Jahr später, darauf dankt man in ungelenken Versen dem heiligen Christophorus.

Manchmal schaut sie sich um, schaut in die Gesichter der Menschen rund um sie und versucht die Gedanken zu verhindern, die gleichzeitig in ihr aufsteigen, doch da ist es schon zu spät. Sie sieht ihren Mann an und *wann stirbst du* denkt es in ihr. Sie betrachtet ihre Köchin, ihre Enkelkinder und in ihr wird verzweifelt gedacht *wer stirbt zuerst*. Sie weiß nichts von selbsterfüllenden Prophezeiungen, doch sie weiß, dass es nicht *normal* sein kann, solche Gedanken zu haben. Wann sterbt ihr endlich, denkt sie und will sich gleich an den Schmerz gewöhnen, will ihn im Voraus üben, um ihm wenigstens den zusätzlichen Wahn der Abruptheit zu nehmen, den Überraschungseffekt. Als ob es dann leichter wäre, würde man den Tod, statt ihn zu verdrängen, täglich proben, ihn durchüberlegen und vorsorglich ertragen. Es hat auch etwas tröstliches, sich vorzustellen, wie es wäre, wenn dieser oder jener Mensch schon tot wäre. Sie versucht sich den Schmerz vorzustellen und dadurch abgehärtet zu sein, wenn der Fall eintritt. Dann wieder hat sie Angst, Unglücke heraufzubeschwören. Die Panikattacken setzen meist in der Nacht ein, dann steht sie auf, rennt aus dem Zimmer, quert den Flur und öffnet alle Türen, hinter denen Menschen atmen, sie überzeugt sich hektisch leise davon, ja sie atmen noch. Sie kann sich dieser Gedanken nicht erwehren.
Tagsüber dann Trauerarbeit, die nicht totgeschwiegen werden muss, einmal täglich muss das Damenfahrrad

her, auf dem sie spät, aber problemlos Rad fahren lernte, sie fährt auf den Friedhof. Nur wenn wirklich Rutschgefahr besteht durch Eis oder Nässe, geht sie zu Fuß, es ist eigentlich egal, die Strecke ist so oder so schnell überwunden. Gegenüber vom Kaffeehaus einbiegen, an der Kaserne vorbei, auf deren Grundstück man nur bruchstückhaft sieht, ein hoher Zaun schützt sie und obenauf Stacheldraht, damit keiner rein kann oder, was wohl eher von Relevanz ist, keiner raus.

Dann die Attemsallee entlang fast bis an deren Ende und dort ist ein großer Parkplatz und die Bäume zeigen den Wald an, man bezeichnet den Friedhof leicht weichgezeichnet auch als Waldfriedhof, das soll etwas beruhigendes haben, die letzte Stätte, schattig, heimelig und einladend, sodass man gerne hin will, unbedingt.

Am Friedhof weint Anna.

Den Rest der Zeit sieht man sie nicht weinen, die übrig bleibenden Stunden des Tages versucht sie zu leben, es ist eine halbe Stunde, in der sie am schattigen Grab steht, ein paar Winden auszupft, ein Licht anzündet. Das Grablicht ist eine Ölkerze, oft brennt sie noch am Tag darauf beim nächsten Besuch. Täglich kanalisiert sie in dieser halben Stunde die aufgestauten Tränen, es ist immer gleich, der Schmerz ist immer da, es ist an keinem Tag schlechter oder besser, aber manches Mal würde sie sich schon gern dazulegen, gleich hier auf die nährstoffreiche Erde zu Füßen des Engels, den Kopf fallen lassen und ruhen. Und rasten.

Eine reinigende Handlung ist das vielleicht, es geht ihr dann gleich viel besser, sie geht immer ein bisschen fröhlicher vom Friedhof als sie gekommen ist.

Morgen dann wieder.

Weit schlimmere Gedanken quälen sie am Abend, im stundenlangen Krampf der Schlaflosigkeit, wenn das

Achterl Wein schon wieder nicht geholfen hat, die Umschläge nicht und die anderen Hausmittel. Sie hat sich angewöhnt, jeden Abend einen Allasch zu trinken, nur ein Stamperl, der wärmt ihre Magengegend und verleiht ihr ein kurzzeitiges Wohlbefinden.

In selten taufrische Sonnenaufgänge hineindenkend fallen ihr immer wieder noch ein, zwei Dinge ein, derentwillen sie noch ein wenig leben will, Dinge, die ihr noch Freude bereiten, wie das Messen des Zuckergrades an einzelnen Trauben mit dem Refraktometer, diesem neumodischen Ding, als die noch jung war, hat man dazu die Klosterneuburger Mostwaage benutzt, immer wieder begeistert von den Werten, die an den steilen Hängen reifen; und die Glühwürmchen Ende Juni, an denen sie sich wesenhafter freuen kann als ein Kind.

Aber es wird seltener. Alles wird seltener. Die Bücher, die Zeitungsausschnitte, die Fotos und all die Aufzeichnungen betrachtet sie mehr und mehr mit Widerwillen. So viel Zeit hat sie dahinein investiert, soviel Stolz und Liebe und nun kann sie auch davon nicht zehren, denn das Wühlen in all diesen erinnerbaren Gefühlen bereitet ihr einzig und allein Schmerzen.

Wie Fassdauben, denkt sie einmal, als hätte sie Fassdauben um ihren Brustkorb gespannt, so verbringt sie manche Tage und versucht alles, alles, um nicht denken zu müssen. Um freier atmen zu können, um endlich, endlich vergessen zu können. Es ist auch für die anderen nicht leicht.

Oft begegnen sie ihr mit Unverständnis, eine noch immer herrische Frau, die ihre letzte Lebenskraft in das Aufrechterhalten eines Bildes steckt, denken sie. Die alles wegsteckt, sich ihre Selbstbeherrschung nicht von großen Gefühlen rauben lässt, die eigentlich ziemlich kalt geworden ist und niemals sentimental. So denken alle anderen und sehen nicht den täglichen Schmerz und das andauernde um-den-Atem-Kämpfen. *Es gibt keinen Herrgott.*

Es ist ein Montag in der ersten Jännerwoche und die Minusgrade der Nacht halten noch an, als das Begräbnis von Carl stattfindet. Er wird im Familiengrab beigesetzt, am Waldfriedhof, den er vor Jahrzehnten selbst mitgeplant und ausgeführt hatte.

Carl ist fast neunzig Jahre alt geworden. Gestorben ist er vielleicht am Alter, doch wahrscheinlicher an seinem Herzen. Das kann man auch ganz metaphorisch sehen, sein Herz war krank und als einer seiner geliebten Enkel zum Bundesheer einrücken muss, will es nicht mehr arbeiten. Ja, die Enkel hat er geliebt, er hat in ihnen gesehen, was er an seinen Söhnen nie wahrhaben konnte, aus Zeit- und anderen Gründen. Und die Enkel haben ihn zurückgeliebt, wieder eine dieser seltsamen Kapriolen im Regelwerk Leben, dass die Enkelkinder ein besseres Verhältnis zu den Großeltern haben, als die dazwischenliegende Generation.
Er wird im Haus in Straß aufgebahrt und aufbewahrt. Anna macht ihn begräbnisfertig. Wie man die Sachen einpackt für jemanden, den man auf die Reise schickt; wie man einem Kind die Fingernägel schneidet bevor der Schularzt kommt.
Mit einer burschikosen Zärtlichkeit rasiert sie ihn, macht ihn zurecht, damit er auch noch was zugleich schaut, wenn sie nicht mehr dabei ist. *Er war immer ein guter und feiner Mann.*
Noch ein paar Wochen zuvor sind sie am Sonntagnachmittag nebeneinander auf der Gassenbank ge-

sessen und haben Gutbürgerlichkeit ausgestrahlt. Ein rechtschaffenes älteres Ehepaar, so sagt man wohl am treffendsten, noch immer angesehen, aber gemunkelt wurde schon hie und da an den Stammtischen der ein, zwei Gasthäuser im Ort. Kann sich ja nicht ausgehen, die Weinpreise sind im Keller und so viel Besitz ist da jetzt nicht mehr über. Hat sie ja alles verschenkt, die Gnädige. Ist ja halb Straß beglückt worden, aber übrig ist da jetzt nicht mehr viel. Und wer wird den Rest bekommen?

Ein Haufen Arbeit bleibt da über und ob das so ein tolles Erbe ist. So wird geredet beim Frühschoppen und beim Stammtisch, wo immer wer zu finden ist, auf eine Partie Schnapsen und ein Krügerl Bier.

Der, mit dem sie gelebt hat, ist nun tot, und sie fragt sich, was alle Menschen sich irgendwann einmal fragen, für wen sie denn jetzt bitte überhaupt noch am Leben ist. Spaß macht es ihr schon lange, lange keinen mehr. Sie fragt sich, was das für ein Hundeleben ist, wenn alle wegsterben, die, die man geliebt hat, weil man sie aus dem eigenen Körper gepresst hat.

Und die, die man geliebt hat, weil man so lange mit ihnen zusammengelebt hat, dass einem gar nichts anderes mehr übrig geblieben ist, als sie einem ans Herz wachsen zu lassen.

Nichts wünscht sie sich mehr als fertig zu machen und nachzugehen, im Moment jedenfalls, denn der Mensch ist dazu gemacht, immer wieder von neuem beginnen zu können.

Egal, was passiert, bestes Beispiel, voilá, sie selbst. Wie waren denn die letzten Jahre gewesen?

Es war ein freundliches Nebeneinanderherleben gewesen, wenn sich das auch ein bisschen widerspricht.

Es war das, was rauskommt, wenn man schon derart lange Zeit ein Bett, ein Haus und ein Leben geteilt hat. Man kennt einander so gut, viel zu gut, um noch große Worte zu machen. Es ist wie mit allen selbstverständlichen und deshalb lieb gewonnenen Dingen. Ganz kurz ist Anna ihm böse, dass er von ihrer Kernfamilie, der primären und finalen Zweierbeziehung als Erster weggegangen ist. Dann ist ihr das auch schon egal. Das ist nun der Winter ihres Lebens.

Sie wird viel hinterlassen, und Schulden leider auch. Aber sie hat hart gearbeitet in ihrem Leben und das sollen die auch tun, die nach ihr kommen. Bereits kommen die Kinder der Enkel zur Welt, so liebenswerte Geschöpfe, sind so kleine Hände und ihr Herz zittert ein jedes Mal, wenn sie sie sterben sieht in Gedanken und den Schmerz wieder probt, erneut ist dieses Denken zu schnell, um es aufhalten zu können.

Und dann: die Presse

*Beim Pressen unterscheidet man den Vorlauf, den Preß-
most und den Nachdruck.*
*Der Vorlauf ist der Most, welcher beim Mahlen und Zer-
quetschen der Trauben abläuft. Er besitzt mehr Zucker,
aber auch mehr Säure als der Preßmost, welcher von
Beginn bis zum ersten Stock gewonnen wird. Dagegen
ist dieser reicher an Bukettstoffen und Aschenbestand-
teilen. Der Nachdruck, welcher vor dem ersten Stock-
machen bis zum Schluss des Pressens gewonnen wird,
ist herb, bei geringen Trauben unrein schmeckend, weil
er zum Teil den Hülsen und Kämmen entstammt.*
*Traubenmühlen, Rebelmaschinen, Rebelgitter und Mai-
schebottiche sollen während der Pressarbeit öfter mit
kaltem Wasser ausgespült werden, um Essigbildung zu
vermeiden.*
*Im Pressraum hat Reinlichkeit und Ordnung zu herr-
schen.*

Was ist aus alledem geworden?

Aus alledem ist nichts geworden. So sagt man wohl, wenn etwas sukzessive abgebaut wurde und wenig übrig bleibt. Die Erbschaftsstreitigkeiten, die dem Tod Annas folgten, werden ungern besprochen. Wenn sie doch besprochen werden, dann mit vielerlei Zungen.

Die Wahrheit liegt im Auge des Betrachters.

Dort, wo ich aufgewachsen bin, wo mir die Geschichten über eine rigorose Frau und eine starke Persönlichkeit erzählt wurden, dort kann ich heute nicht mehr sein. Das Haus, die Presse, der Weingarten und der Nussbaum vor dem Fenster, das alles musste verkauft werden und irgendwann war man es auch leid, darüber zu diskutieren, wer daran schuld war.

Andere leben jetzt dort und bewirtschaften. Sie tun das mit Hochtechnologie, mit verglasten Kellern, automatisch gesteuerten Fasstemperaturen und computergestützten Feuchtemessgeräten. Und die Schwalben nisten in diesem Haus schon lange nicht mehr.

Nur eines ist gleich geblieben. Die Slowenen sind immer noch gern gesehene Arbeitskräfte und sie werden immer noch minder bezahlt. Die Weine hingegen werden bis nach Kanada verkauft und gewinnen dort Preise. Es wird immer schwieriger, dorthin zu fahren. Es wird immer unmöglicher, sich dort daheim zu fühlen. Es wurde zu viel aufgerissen, Erde tonnenweise herumgeschoben, asphaltiert und eingeebnet.

Die Weinstraße selber ist gerade dabei, ihr Flair zu verlieren an aufgetusste BMW-Fahrerinnen und geschniegelte Direktoren aus der Vorstandsebene von großen Banken mit Sinn für das *authentisch Urige*.

Wer hinunterfährt der schönen Farben wegen und der Ruhe, fährt gleich über die Grenze nach Slowenien, wo die Landschaft genauso schön ist, aber die Menschen sich noch nicht so wichtig nehmen.

Man kann den Weinbauern, die das Gut jetzt führen, eingemeindet haben in einen stetig wachsenden Besitz, man kann diesen Leuten ja auch nichts vorwerfen. Sie haben einen Grund gekauft und ein Haus und das Beste daraus gemacht, das schließt Veränderungen mit ein.
Vor einigen Jahren ging ich oben, am Grassnitzberg, spazieren. Da war die Presse noch nicht umgebaut, alles war noch, als hätten wir sie, die Presse, erst vor Tagen verlassen, nur die Staubschicht war dichter und unaufgewühlt. Es wurde mir gestattet, sie zu betreten.
Ich fotografierte wie verrückt, im Wissen, dass die Bilder ja nur ein schwacher Trost an die Erinnerung sein würden, doch die Angst, zu vergessen, war stärker und irgendwie musste ich mein Herz vom Zerreißen ablenken.
In einem verstaubten Winkel lag ein Türschild, Annas Initialen, aus Eisen geschmiedet und mit weißem Lack bemalt, der nun blätterte.

Es hat auch dazu die berühmte Szene gegeben. Gibt es nicht immer so eine ganz fürchterlich typische Szene? Das ist ein dramaturgisch bestens aufgebauter Familienschicksalsroman!
Die Hauptakteurin, die Urgroßmutter, deren Leben Jahre später von einer Nachkommenden aufgezeichnet wird, ist auf einem ihrer Spaziergänge, hin zum Haus, oder weg vom Haus. Und da trifft sie den expandierenden Weinbauern, der auch auf ihren fruchtbaren Grund schon ein Auge geworfen hat, es ist ja wirklich der beste in der Gegend. Und der Bauer fragt *wann verkaufens denn endlich?* Und die charismatische Urgroßmutter

antwortet mit einem derartig überzeugten Brustton, dass die Fasane hinter den umliegenden Büschen kackernd auffliegen (sie landen zehn Meter weiter wieder, denn begnadete Flieger sind diese Vögel gerade nicht), sie antwortet *nur über meine Leiche*, woraufhin der vermaledeite, weil kapitalistisch expandierende Großgrundbauer antwortet *das wird sich auch noch bewerkstelligen lassen*, und die Fasane erzittern. Und Schnitt.

Gar nicht so viele Jahre später kauft die eine Nachkommenschaft der anderen Nachkommenschaft den besten, weil steilsten, weil südlichsten, weil bezauberndsten Grund der Gegend ab und ein teuflisches Lachen ertönt aus dem Jenseits, während sich die Urgroßmutter im Grabe herumdreht.

Ich bitte um Verzeihung, jetzt ist es mit mir durchgegangen.

Annas Initialen sind auch meine Initialen und im starken Bedürfnis, etwas behalten zu können von diesem Spaziergang, irgendetwas, nur ein Symbol für das Heimweh, an dem ich immer noch laboriere und das mich vermutlich auf den Waldfriedhof begleiten wird, wenn es denn mal soweit ist, bat ich darum, das verstaubte Türschild mitzunehmen zu dürfen.

Leider war das nicht möglich. Natürlich war das nicht möglich.

Es hatte gegen Geld seinen Besitzer gewechselt.

Sechsundachtzig ist sie jetzt. Manchmal steht sie ganz oben, ganz oben am Abhang und ändert sich die Perspektiven. Schaut in die Weite, sieht verwaschene Hügel, es könnte ein kleines bemoostes Biotop sein, es ist die jugoslawische Gegenseite. Sie hat den Kaiser noch gesehen, und als der noch gelebt hat, da war alles da drüben noch steirisch. Je weiter weg die Hügel sind, desto sanfter wird das sie malende Grün.

Dann fokussiert sie wieder auf die Rebstöcke direkt vor ihr, überreich mit Trauben bestückt.

Die Farbe der Weinblätter geht immer mehr ins gelbe, je länger sie an den Rebstöcken hängen, in allen Schattierungen hängen sie noch da, zwischen braun, gelb und grün changierend, am schönsten sind die schon gänzlich braunen, mit den durchscheinenden gelben Blattadern.

Die taktilen Reize können es nie aufnehmen mit den Farben, sie streichelt den Weinstock mit den Augen. Die Traktorspuren, gerade zwischen den Rebzeilen, haben braune Erde aus dem Gras gepresst, es sieht aus, als würden der Erde dort blutende Wunden geschlagen worden sein.

Und die Abhänge, Buckel, Kogel und Hügel, von weitem betrachtet, erinnern an Patchworkdecken, diese wie jene manchmal jahrzehntelang von verschiedenen Generationen bearbeitet.

Die Pfähle, an denen die Reben sich hochziehen, sind aus grauem Holz, am Anfang oder Abschluss jeder Zeile befinden sich stärkere, durch gespannten Draht verbunden.

Auch Jahrzehnte später werden die Weingärten, die im Frühling noch friedhofsnackt wirken, denn da sind die Stöcke nicht mehr aus Holz, sondern aus Beton oder Metall, auch dann noch werden im Herbst die Weingärten mit ihren lebendig farbigen Blättern bestechende Magie ausüben auf den Betrachtenden, der das zulässt.

Sie hört die arbeitenden Menschen einander zurufen,

sie hört die Traktoren, sympathisch klapprige Gefährte, aber mitgefahren ist sie nur ganz selten mit einem.

Sie könnte den Spuren schon noch folgen, es wäre halt ein langer Weg und so sicher ist sie nicht mehr auf den Beinen.
Drei Jahre war sie schon nicht mehr unten im Obstgarten, er ist gleich neben der Grenze.
Ein kleiner Bach fließt unten, markiert fremdes Land und eigenes. Sie hat sich oft mit den Granicari unterhalten, den slowenischen Grenzsoldaten. Sie hat oft mit ihnen getrunken. Getrunken hat sie überhaupt oft, mit ihren Freunden, mit ihren Verwandten. Nie so viel wie diese selbst, einfach mitgehalten, oft nur ein Achterl Traminer, einfach zur Begleitung.
Die Landschaft ist ein Fleckenteppich aus senkrecht verlaufenden Zeilen, wie ein Buch zu lesen, nur von oben nach unten; Wälder, Pappeln, wozu eigentlich Pappeln? Und ganz in der Ferne die Kirche von St. Veit, an klaren Tagen gut erkennbar, mit zwei Türmen nicht zu verwechseln.
Es ist hier zum Sterben schön.

Als sie sterben soll, da schläft sie einfach ein. So nennt man das wohl, obwohl der Wechsel vom Leben in den Tod ein Zustandswechsel gänzlich anderer Art ist, wir wissen ja nicht, was uns da passiert und eine bessere Beschreibung fällt uns nicht ein, als zu sagen, da schlief sie einfach ein.
Im Kopf war sie schon ein bisschen durcheinander in den letzten Monaten, sie hat die Namen verwechselt von den Toten und den Lebenden, die Körperfunktionen haben auch nicht mehr so toll funktioniert, es hat alles nachgelassen. Das reine Leben, das was ihr übrig

geblieben ist, war plötzlich mehr Arbeit, Mehrarbeit, als die Arbeit in ihrem ganzen Leben zuvor. Nun liegt sie in ihrem viel zu großen Bett, denn klein war sie ja schon immer und jetzt macht das Alter sie noch kleiner und der Teufel ist auch nicht mehr in ihrem Leib. Sie lebt aus wie eine Sanduhr in den letzten Rieselzügen. Im Bett wird sie danach gleich gelassen und dort aufgebahrt. Dann, am nächsten Tag: ins Grab gebracht.

Ihr eigenes Buch, das Buch, das sie das ganze Leben hindurch geführt hatte, endet mit den Todesfällen anderer. Niemand wollte mehr Annas Todesanzeige archivieren.

Ich stelle meine Wohnung um. Mein Vater stößt gerade dazu, als ich die Kindersessel den neuen Größen meiner davongewachsenen Kinder anpasse. Er schaut nur, er traut sich schon gar nichts mehr zu sagen, er weiß ja, dass ich dieses Buch schreibe. Alle wissen es mittlerweile.

Dann doch: *weißt eh, wer immer so gerne umgeräumt hat?*

Nimmt er mich auf die Schippe oder lächelt er, weil ich weiß, warum er so vorsichtig fragt?

Lass mich raten. Die Urgroßmutter?

Ja sicher, sagt er.

Herbert Braun; Ingrid Braun; Uwe Gamze; Ute Handl; Elke Schiffer; Barbara, Bibi, Harald, Karl-Erwin, Karoline, Kurt, Linda und Sissi Stift.
Danke für Geduld, Getränke und grandiose Formulierungen.